湯の町茜谷便り

砂原　糖子

幻冬舎ルチル文庫

CONTENTS ✦目次✦

湯の町茜谷便り……5
あとがき……283

✦カバーデザイン＝chiaki-k（コガモデザイン）
✦ブックデザイン＝まるか工房

イラスト・花小時朔衣✦

湯の町茜谷便り

冷たい手の人が好き。

穂積遥来《ほづみはるき》が好きなタイプを訊《き》かれてそう応えると、大抵の人が『えっ』と怪訝《けげん》な顔をした。

確かに触れて心地のいいイメージはないし、『手の冷たい人は心が温かい』なんて根拠のない俗説とも関係ない。

でも、それが真夏の炎天下だったらどうだろう。ギラギラと黒光りするアスファルトの路上であったら。

そのとき、穂積は空を仰いでいた。太陽を遮ってくれることもない入道雲が、高く聳《そび》える夏空。工事用ヘルメットの下から流れ落ちる汗が不快で手の甲で拭《ぬぐ》おうとしただけなのに、気がついたら焼けたアスファルトに転がっていた。

背中が火が点《つ》きそうに熱かった。

――ああ、自分はとうとう倒れたんだな。

朦朧《もうろう》とした頭で、他人事《ひとごと》のように思った。

視界は蜃気楼《しんきろう》のように揺らいでいて、どこからか喧《やかま》しく響いてくる蟬《せみ》の声を煩《わずら》わしいと感じる気力もない。このままフライパンに広げられたバラ肉のように火が通ってしまうのだと、馬鹿な妄想だけが頭を過《よぎ》ったとき、頭上で声がした。

「おいっ、大丈夫かっ！」

駆け寄ってくる男の革靴の足音。

『大丈夫です』と応えようとしたのに、抉《こ》じ開けた乾いた口から洩《も》れたのは短い呻《うめ》き声で、男は「誰かっ！」と叫びながらしゃがんで顔を覗《のぞ》き込んできた。慌ててその場に放られたブリーフケースが耳元で音を立て、頭上の影が太陽の光を遮る。

若い男だった。若いと言っても十八歳の穂積よりはいくらか年上で、グレーのスーツを着ていた。

呼びかけに人が近づいてくる気配はない。いつも背にして立っている工事現場は、静けさとは無縁だった。現場監督は始終怒鳴っているし、建設機械の立てる騒音は言わずもがなだ。単に誰も聞こえていないのかもしれないし、工期も遅れているから交通整理のバイトが倒れたぐらいで構っていられないのかもしれない。

建つのは妙な形のデザイナーズマンションだけれど、穂積には関係のない話だ。後ろにできるのが高級マンションでも市営住宅でも、路地でたまに通りかかる人や車に向け、毎日赤い棒を振るだけ。

ただ生活するのに、お金が必要だった。できるだけ多く、できるだけ早く。

朝も昼も夜も、中卒の穂積には仕事があるだけありがたい。どうせ特別にやりたいことがあるわけでもないし、誰にも迷惑をかけずに生きていられたらよかった。あと、いつも少しだけ面倒くさいなと思っていた。

いっそ人でなければいいのにと。

働いて食べて生きて、その繰り返しなら最初から欲求とは無関係な労働をするより、動物のように食べ物を直接狩るほうが合理的だ。シンプルで、きっとなんの迷いもなく生きられる。

「しっかりしろっ！」

建設中のマンションと同じく自分とは縁のないはずのスーツの男は、誰も来ないのに焦りながらも、心配げな表情で見下ろしていた。

「熱中症か？　救急車呼ぶか？」

穂積は鈍く首を左右に振った。そんなことをしたら、仕事がなくなってしまう。

「けど、おまえ……じゃあ、ちょっと待ってろ、なにか冷たいもの買ってくるから。しっかりしろよ、ほら！」

頬《ほお》に当てられた手が冷たかった。

そこだけがひんやりとした風が通ったみたいに心地よく感じられて、穂積は飲みものなんてどうでもいいから、ずっとそうしていてほしいと思った。

ずっとずっと。

他人の感触を、生きて傍《そば》にいるのを、心地いいと感じたのはそれが初めてだった。

◇　◇　◇

ブロロロと低い排気音を立て、バスは急な上り坂を遠ざかって行く。降りたバス停の木製ベンチでは、お年寄りがのろのろとした手つきで編み物をし、足元には秋の色づいた落ち葉が吹き溜《だ》まりを作っていた。

市バスのエンジン音を背に、穂積は周囲を見渡す。

都会ではないが集落と呼ぶほど田舎《いなか》ではない。山間の湯の町はかつては大きく栄えていたというだけあって、ホテルらしきコンクリートの建物も目立ち、その合間からのろしのようにいくつもの湯煙《ゆけむり》が上がっている。

茜谷《あかねだに》温泉。周辺には有名どころの温泉地も数多く、どうにも埋没してしまった感のある古い温泉町に穂積がやって来たのは、取材のためだった。現在二十六歳の穂積は出版社の編集をしていて、もう四年目になる。雑用のバイト時代も加えると六年だ。

作っているのは街のガイド本のようなものだけれど、いわゆる華やかな誌面に広告を織り交ぜて旅心から胃袋まで刺激する旅行ガイドではない。ややマイナーな街をマイナーな視点で取り上げ、旅心より好奇心を刺激するマニア向けの書籍だ。

今回のテーマは温泉町で、穂積の取材担当の一つが茜谷だった。メインとなる拠点は、美人女将《おかみ》が切り盛りする温泉旅館。美人女将なんて珍しくもなんともないけれど、マニアネタなら書物に頼らずとも手に入るインターネットのおかげで、売上も芳《かんば》しくない昨今、弱小出版社が生き残る道は険しい。『読者の興味を引けそうなものならなんでも押さえとけ』というのが、編集長の口癖だ。

『昔はもっと骨のあるもん作っていたのに』なんて嘆く古株の編集部員もいるが、穂積に異論を唱えるほどの拘《こだわ》りはなかった。バイト時代から黙々と与えられた仕事をこなす。正社員になれたのも、ほかのバイトがすぐに音を上げて辞めていく中、徹夜もサービス残業も厭《いと》わず地味に続けていたからで、『ブラック会社にはうってつけだ』と社内では冗談交じりに言われている。

穂積は小柄な身に不釣り合いな、大きなナイロン地のボストンバッグを肩に抱え直した。身長は百六十と少ししかない。女性に見紛《みまが》われるほどではないけれど、くたびれるほど着回し率の高いカジュアルな服のせいで、いつも実年齢より若く見られがちだった。たまに必要に迫られてスーツを着れば、就活中の大学生と勘違いされる。

にゃあ。

細い路地に入ると、どこからともなく猫の鳴き声が聞こえてきた。温泉町はどこへ行っても野良猫をよく見る。暖を取る場所に事欠かないから、きっと過ごしやすいのだろう。

姿を探して視線を巡らせれば、古びたアパートの二階に人が見えた。頭にシャワーキャップのようなものを被《かぶ》った老婦人は、窓辺のレトロなデザインの青い手摺《てす》りに、一抱えにした布団を干そうとしている。今にも外れ落ちそうな手摺りは危なっかしいことこの上なかったが、熟練の技でも繰り出すかのような手つきで干し終え、路地に足を止めた穂積に目をくれることもなく引っ込んだ。

温泉町には猫も多いが老人も多い。観光客だか住人だか判《わか》らないお年寄りと幾人か擦《す》れ違い、石畳の坂からゆるゆると長く続く階段を上り切った穂積が辿《たど》り着いたのは、木々の梢《こずえ》に囲まれたしっとりとした佇《たたず》まいの旅館だった。

この町の奥座敷とも言える高台にあるのは、温泉旅館『あけ川荘』だ。創業は四百年近く、江戸時代に今の場所に宿を構えた頃から、茜谷の顔になったという。数奇屋《すきや》造りの母屋《おもや》に、茅葺《かやぶ》きの門。苔生《こけむ》した具合がまた風情《ふぜい》があっていい。

母屋の中に入ると、清涼な空気の匂いがした。新築とはまた違う、歴史を持ちなおかつ手入れを怠《おこた》らずに磨き続けられた建物だけが持つ、風格と気品。迎える空気から、穂積はそれらを感じ取る。

「いらっしゃいませ」

玄関ベルがあるわけでもないのに、するすると奥から着物姿の女性が出て来た。

「あの、今日からお世話になる穂積です。光帆《みつほ》出版の」

「遠いところからようこそおいでくださいました。当旅館の女将の朱川千晶《あけがわちあき》と申します」

広い玄関口で三つ指ついての出迎えだ。下げたときと同様、すっと起こした女将の顔に、少しばかり穂積の心はざわめく。

噂に違《たが》わぬ美人だ。けれど、取材先でいくら美しい女性に出会っても、これといって意識したこともない穂積には珍しい。

「どうかなさいましたか？」

釘づけにした視線に、怪訝な表情が返ってくる。

慌てて頭を下げつつ応えた。

「あ、いえ……よろしくお願いします」

美人なだけでなく、随分若い女将だ。若いといっても二十六歳の穂積よりいくらか年上に違いないが、老舗《しにせ》の温泉旅館の女将としては驚くほど若い。三十前後といったところか。

線の細いタイプの美人ではない。艶《あで》やかという言葉の似合う、はっと目を引く容姿だ。濃いめの化粧はともすれば華美に陥りそうなところ、色味の落ち着いた臙脂《えんじ》の着物と優雅な物腰がバランスを取っている。女性にしては低めの柔らかな声も、変に甲高《かんだか》くなくて耳に心地いい。

「ご案内します」

立ち上がると背の高さが際立つ。結われたまとめ髪のせいではないだろう。十センチ以上は上にあると思われる女将の顔を、小柄な穂積は男のくせに見上げねばならなかった。

「お荷物をお持ちいたしましょう」

「あ、いえ……」

こんな大荷物を女性に持たせるのはどうかと躊躇《ためら》う間にも、さっと手際よく受け取る女将の手に黒のナイロンバッグは移った。中身は一週間分の衣料と、仕事用のパソコンやカメラだ。プロのカメラマンは同行しない。今回は写真がメインではない書籍なのもあるけれど、やれることはすべて自力、『経費削減』は最早編集長の口癖というより社訓だ。

老舗の高級旅館で一週間もの宿泊取材なんて贅沢《ぜいたく》が通ったのも、旅館の好意で宿代が無料になったからだ。

タダとはまた厚遇すぎて、最初は耳を疑った。

「茜谷をクローズアップした本を出していただけるなんて、本当に光栄ですわ。先ほども仲居と話をしていたんです。料理長も今夜は腕によりをかけるそうですから、どうぞ夕食も楽しみになさってくださいませ」

部屋に案内する途中、女将は上機嫌でそう語った。周辺の温泉地はなにかと話題になるが、茜谷はすっかり影も薄く、このところメディアでの紹介も減っているのだという。

減っているどころか、この待遇では皆無なのかもしれなかった。

だからこそこの町に白羽の矢を立てたなんて、口が裂けても言えない。

都心から車や電車で数時間以内で行けるスポットで、あまりメジャーではない温泉や、休日の穴場になりそうな今は衰退した湯の町紹介。廃墟目当てとまではいかないだけマシか。穂積の前回の仕事は、廃業して朽《く》ち果てるがままになった旅館やホテルを紹介する、完全な廃墟マニア向けの本だった。

「道はお迷いになりませんでしたか？　この辺りは細い路地が入り組んでますから、初めてお越しになる方は迷われることもあるんですよ。東側の坂のお寺さんのほうへ行ってしまわれる方も多くて」

「いえ、大丈夫でした」

前を歩く女将には見えないにもかかわらず、穂積は首を左右に振って応える。そのまま開いた口を閉じようとしたけれど、愛想がなさすぎる気がして、言葉を探した。

「携帯で地図を確認しながら来ましたので」

気の利いた言葉でもなんでもない、ただの事実だ。

穂積は普段は口数が少ない。出版社の編集になって、取材で鍛えられてやっとの喋《しゃべ》りがこれなのだから情けない。若くとも接客のプロである女将は、こちらを振り返り、『今は便利な世の中になりましたものねぇ』と気をとりなすように笑んだ。

小ぶりの花器に生けられた花々がさり気なく目を楽しませる廊下を歩み、案内されたのは、二階奥の和室だった。さほど広くはないが、居心地のよさそうないい部屋だ。女将がカーテンを引くと、窓の向こうにまるで作り物のように赤や黄色に綺麗《きれい》に色づいた秋の山々が見える。

もう十一月だ。午後も三時を回り、日差しも黄味がかって目に映った。山の夕暮れはきっと早いのだろう。

日が暮れる前に周辺を軽く散策したいと告げると、女将自ら案内してくれることになった。そこまで世話になるのもと思ったけれど、女将は茜谷の温泉組合の会長でもあるのだと聞き、過剰なもてなしに納得した。少しでも町の印象をよくしようと必死なのだろう。

身軽になって表に出れば、来るときは振り返る余裕もなかった石段は、高台からの眺めが素晴らしい。町を隅々まで一望できる。

女将は微笑《ほほえ》み、穂積の心でも読んだかのように言った。

「夕暮れ時には石段も河原《かわら》も真っ赤に染まって見えるんですよ。まるで谷に夕陽を集めたみたいで、それはもう綺麗なんです」

「もしかして、それが茜谷の名前の由来ですか？」

「ええ、祖母はそう言ってました」

「ここから見ると、湯煙も本当にすごいですね」

「茜谷は湯量がとにかく豊富ですから。谷の構造の関係で泉質も様々です」

「谷のつくりで変わるものなんですか？」

「ここは基盤の塩類泉の種類が一つじゃないんです。全国的にも珍しいかもしれませんね。

同じ塩類泉でも、主成分の違いで塩化物泉に硫酸塩泉、炭酸水素塩泉と三つもありましてね、それが谷の構造で地下水と合わさるバランスが場所によって違うんです。おかげさまで、宿それぞれに特色を持つことができてます。最近は湯の管理がしやすいように町全体でいくつかの源泉を持って、各宿に湯を配る方式の温泉町も増えてるんですけど、この町では今もほとんどの宿が個別の源泉で……あら、でももうこんなことは事前にお調べずみですよね」

はっとなったように女将は町の景色から、穂積へ視線を移す。

「すみません、ついガイドのようなことを」

「いいえ、是非いろいろ教えてください。興味深いです」

「そうですか？　町の案内パンフにも載せている程度のことですよ？」

「俺……僕は下調べはし過ぎないようにしてるんです。あまり調べると先入観が入ってしまって、なんのために現地で取材してるのか判らなくなってしまうんで」

それではインターネットの情報となんら変わらなくなってしまう。直接見聞きすれば、他愛もない情報でもそこから話が広がることもあると、ベテランの編集部員からも教えられた。『おまえは喋りがヘタだから、困ったら天気の話題。それから、その土地の誰でも知っているような話をあえて振って会話を繋《つな》げていけ』とも。

「取材にもいろいろあるんでしょうね」

「あ……今のはほとんど先輩の受け売りですけど」

ぼそりと馬鹿正直にも打ち明ける穂積に、女将は赤い唇に笑みを浮かべた。

「いい先輩をお持ちなんですね」

「あ、いや……はい」

穂積は同意しつつ、問い返す。

「女将さんは、茜谷温泉についてはどう思ってらっしゃるんですか？」

「私ですか？　そりゃあ……茜谷は最高ですよ。自慢の温泉町です。毎年湯治に来てくださる常連のお客さまもいらっしゃいますし。肌だってね、美人になれる湯だって評判なんですから」

おどけたそぶりで女将は指の長い手を自分の頬に当てたが、本当の美人に言われてはあまり冗談にならない。穂積はうまく笑えず、女将は草履《ぞうり》の足でさくさくと石畳を下りながら、ぽつりと零《こぼ》した。

「出遅れちゃったんですよ」

「え？」

「あぐらをかいてしまったとでも言うんでしょうかね、この町は。周りはみーんな時代を意識してまちづくりに力を入れてきたってのに、『湯処は湯で勝負するものだ～』なんて。今時はね、雰囲気も大事なんです。お客は温泉町に情緒を求めてやって来ますから。ただ実際に古くて歴史があるってだけじゃ、見向きもされなくなってきてるんです」

「なるほど……そういえば、今は街並みに拘った温泉街が増えましたね」

「最近は追いつこうと必死ですよ。ほら、この辺りはあの坂から小学校の手前までずうっと石畳なんですけどね、アスファルトを全部引っぺがして張り直したんですよ」

「引っぺがすって……てっきり昔ながらの道かと」

「まさか。アスファルトじゃ情緒は出ないでしょってんで、借金してまで整備したんですよ。デコボコ道じゃ、今度は今時のバリアフリーに逆らってしまいますから、段差ができないよう石から施工法まで拘って……大変ですねぇ、まちづくりって。古く見せるために新しいものを壊すだなんて、妙な話なんですけど」

一見のんびりとした湯の町に見えるが、内情はやはりいろいろとあるらしい。癒しを求めてやって来る観光客には羽を休める非日常でも、観光産業で暮らすこの町の住人にとっては日常。切実な収入源である。

女将に案内されて土産物屋《みやげもの》や食堂の並ぶ川縁《かわべり》の道に出ると、呼び込みの店員が右から左から我先にと出てきた。一人の観光客も逃せないほど切迫した状況なのか、通りの人影が疎《まば》らなのはたしかだ。

なんとなく居心地の悪い気分で歩いていると、前方の小さな橋で川の遊歩道を覗き込んでいた女性が、はっとなったようにこちらを見た。

「千晶さん！」

女将の知り合いか。同年代に見える女性は、ジーンズにタートルネックのニット、そして和柄模様のエプロンを身に着けている。

「多恵《たえ》さん、どうしたの？　血相変えて……」

「それが、タマさんがいなくなったんです！」

「えっ、また？」

タマといえば、ブチだか三毛だか判らないが猫だ。どうやら飼い猫を探しているところに遭遇したらしい。

「朝ご飯を食べた後にふらっと出て行ったきり。お昼も用意したのにまだ帰らないから、気が気じゃなくて……」

「大丈夫、きっといつもの散歩ですよ。今日はお天気もいいし、ちょっと遠くまで足を延ばしたのかも」

「でも、散歩だったら一時間くらいで戻ってくるんです。なのにこんな時間まで」

よほど大事にしている猫なのか、エプロンの女性は縋《すが》るような眼差《まなざ》しで仰ぎ、楽観的に慰めていた女将も神妙な顔になった。

「そうね……判りました。私も気をつけて見ていきます。ちょうど今、お客さまに町を案内してるところだから」

「えっ、お客さま？　すっ、すみません、私ったら足止めをしてしまって」

彼女は穂積の存在に初めて気がついたかのように、こっちを見ると頭を下げた。高級旅館に泊まるようななりもしておらず、外湯めぐりにやって来た学生とでも思われたのかもしれない。

「東京からいらした取材の方よ。茜谷を本で紹介してくださるんですって」

「取材!? やだもう、全然知らなくて」

「こちらは和菓子を販売している『湯の月堂』の築山《つきやま》多恵さんです。湯蒸し饅頭《まんじゅう》が有名で、とっても美味《おい》しいんですよ」

「光帆出版の穂積といいます」

肩に下げた帆布のショルダーバッグから名刺入れを取り出そうとして、穂積はふと手を止めた。今は名刺を受け取るどころではないだろう。

「あ、あの、今の話ですけど……僕も探しましょうか?」

「えっ」

「特徴とかその、教えてもらえれば」

穂積の言葉に、二人は戸惑った様子で顔を見合わせる。目を丸くされるほどのことを言ったつもりはないが、今会ったばかりの他人だ。余計なお世話だったかと焦る穂積を前に、饅頭屋の彼女はエプロンを握り締めつつ口を開いた。

「ありがとうございます、助かります。でも特徴って言っても、痩《や》せて小柄ってことぐらいしか……最近は足が悪くなってきて、それと薄毛って言うのかしら……ほ、ほらもう年を取ってますから！」

何故《なぜ》か、言い訳のように付け加える。「こんなんで判るかしら」と首を捻《ひね》る彼女に、「探してみます」と穂積は短く返した。

「じゃあ、せっかくだし手分けして探しましょう。すぐに見つかりますよ。穂積さまはどうか無理をなさらず」

女将の一声を合図のように道端で分かれ、それぞれ捜索に出ることになった。

よもや着いて早々、猫探しをする羽目になるとはだけれど、どのみち今日は夕方までざっと町内を歩いてみようと考えていた。

しかし、ぶらり一周と猫探しではわけが違う。茜谷は女将の話していたとおり細い路地が入り組んでおり、旅館や外湯が並ぶ中心地区を離れて住宅地までとなると、それなりの広さもある。猫が身を潜める場所などいくらでもあり、おまけに多勢だ。

いざ意識して歩くと、ブロック塀の上にも物置小屋のトタン屋根にも猫はいる。茶トラに三毛に黒猫、色とりどりだ。どの猫もまだ若そうで、見るからに年を取った猫は見当たらないものの、そもそも薄毛の猫なんてぱっと見で判るのか。毛並よりも毛色やしっぽの形を聞くべきだったと後悔する。

しかし、しばらくして一匹の猫が目に留まった。

「おまえ……」

　みすぼらしい……いや、色艶《いろつや》のない薄い毛並の白地に黒いブチの猫。

「……タマ？」

　穂積のそろりとした声掛けを、ふてぶてしい表情で一瞥《いちべつ》した猫は、するりと脇を走り抜ける。

「あっ、待てっ……！」

　側溝蓋の隙間《すきま》から立ち上る湯煙を散らして駆ける猫を、慌てて追った。

　地の利も身体能力も猫が上だ。とても老猫で足が悪いようには見えない。細道でも路上のうちはまだよかったものの、民家の塀と塀の間を流れる水路の縁を、勝手知ったる裏道であるかのように軽やかに行かれては敵《かな》わない。そこは人間の歩く場所ではない。

「ちょっとっ、おい、待てってばっ！」

　蒸気のもうもうと上がる水路の底は、温泉成分の結晶で毒々しい色に変わっている。ここが温泉地でなかったら、有毒物質の放流でも疑う黄色や緑だ。けれど、ここで逃したらもう捕《つか》まらないかもしれない。穂積は黒ずんだ民家のブロック塀に背中を押しつけつつ、服が汚れるのも構わずに、水路の縁を這《は》い進んだ。

　ピンとしっぽを立てた猫はつかず離れず、おちょくっているとしか思えない態度で縦横無尽に逃げ回る。

ようやく捕まえたのは、裏路地に出たときだ。

「肉まん！　肉まんやるっ！」

名物『温泉蒸し肉まん』。目にした商店の軒先ののぼりに思わず叫ぶと、言葉が通じるはずもない猫がぴたりと動きを止めた。

そうして薄毛のブチは肉まんを得て、穂積は懐いた猫を抱えた。そろそろと教えられた饅頭屋へ向かい、先ほど別れた橋に差しかかると、ちょうど多恵や女将の姿が見え、ちょっとした人だかりができていた。

「みなさん、本当にもうご心配をおかけしました」

多恵は輪の中でぺこぺこと頭を下げている。どうやら捜索の協力者は増えたらしく、そして彼女の隣には、亀甲《きっこう》柄の青灰色のどてらを着た老人がむすりと口元を引き結んで立っていた。

杖《つえ》をつき、痩せて薄い頭をした老人だ。

「玉二郎《たまじろう》さんからも、みなさんにお礼を言ってください。みなさん心配して、一緒に探してくださったんですから……」

「わしゃ、散歩に行っただけじゃ」

「タマさん！」

『まぁまぁ、よかったじゃないですか』と周りの住人たちが口々に言って宥《なだ》め、どうやら大団円。傍らに立ち止まった穂積だけが顔を強張《こわば》らせていた。

ぎくしゃくとした動きで猫をそろりと地面に下ろしていたところ、多恵が間も悪くこっちに気づいた。

「あらぁ、豆腐屋さんの猫」

「え……」

「コタロウちゃん、お客さんに構ってもらったの？　よかったわね～」

彼女の言葉に、『コタロウ』は応えてニャオンと鳴いた。猫らしく猫撫《ねこな》で声だ。さっきまでの攻防はなんだったのかと思えるほど人懐っこく、長いしっぽで代わる代わるに人の足元を叩いて回ると、穂積には肉まんの礼を言うこともなく勝手知ったる足取りで去って行った。

「えっと……」

これではまるで、自ら言い出しておきながら、人探しもそっちのけで猫と遊んでいたみたいだ。

弁解する隙はなく、人だかりは解散となる。ぞろぞろと皆が帰っていく中、多恵に続いて歩き出そうとした老人が、年季の入った健康サンダル履きの足を隆起もない石畳に取られてよろけた。

「大丈夫ですか」

慌てて手を差し伸べる。

「誰じゃ、おまえ！　わしに触るな！」

手厳しい一言が、振り払う手と共にピシャリと返ってきて、穂積は目を丸くした。

「おじっ……タマさん！　もうっ、お客さんすみませんね。おじ……玉二郎さんったら気難しくて」

そう言って軽く頭を下げた多恵は老人の腕を取り、二人が後ろ姿になるとただ一人残った『あけ川荘』の女将が口を開いた。

「ご隠居さん、お孫さんのお嫁さんの多恵さんにおじいちゃんって呼ばれると激怒するんですよ。いつまでも若い気分でいたいのか、甘えてるのか。なんなんでしょうね」

「……そうなんですか」

女将の着物の袖が揺れる。すっと伸ばされた手が黒髪に触れてきて、不意を打たれた穂積はびくりとなった。

「髪に枯葉《かれは》のくずが」

「あ、すみません」

「さっきのことなんですけど……もしかして、タマさんって猫だと思われたんじゃないですか？」

指先よりも不意打ちだ。ただ頷《うなず》けばいいだけのことに、狼狽《ろうばい》して視線が泳ぐ。

「いや、それは……」

「紛らわしかったですよね。説明が足りなくて、すみません。せっかく一生懸命探してくださったのに」

徒労に終わったが、努力は確かにした。猫と遊んでいたなんて思われるよりずっと喜ばしいはずなのに、見透かされた穂積はどういうわけか恥ずかしくなった。

石畳が目に映るほど視線が沈み、自然とつられて顔も俯《うつむ》く。

「あの、とにかく無事にタマ……玉二郎さんが戻られてよかったです」

どうにか言葉を絞り出すと、『ええ、本当に』と女将は応え、自分を見つめて口元を綻《ほころ》ばせたのが息遣いで判った。

「ああ、そろそろ私も戻らないと。夕食の早い方もいらっしゃるので」

ひるがえった着物の身から、白檀《びゃくだん》の匂いが仄《ほの》かに香る。無意識にクンと嗅《か》ぎ取ろうとしたときには、もう香りは湯煙のように霧散して、谷の空気に溶け込み判らなくなった。

「穂積さまもお戻りになりますか？」

「え……ああ、はい」

日差しは完全に夕日に変わっていた。山の稜線《りょうせん》の向こうへ太陽が消えたら、暗くなるのはあっという間だ。

旅はまだ始まったばかり。取材は明日から本格的に始めればいい。

穂積は女将の後に黙って続き、帯に膨らんだ羽織の後ろ姿を見つめた。見上げる栗色のまとめ髪が、日に透けて綺麗な艶を放っている。

長身らしく長く伸びた項《うなじ》。不健康に生白いのとは違う、張りのある肌。

「今日は大変でしたね」

ふっと振り返って寄越された、切れ長の眸《ひとみ》にどきりとなる。

「いえ、俺……僕はなにも。女将さんこそ、旅館の切り盛りは大変でしょう？　その、お若いのに」

自分より明らかに年上の女性に言うのも変だけれど、察しのよさといい、気の回るいい女将なのだろうと思う。

「大変じゃない……とは言えませんけど、私がやるしかありませんから」

「やるしかって……」

「うちは女系家族で、代々、女性が跡を継ぐことになっているんです。母は病気で早くに亡《な》くしましたし、父も出て行っていません。ずっと旅館を守ってきた祖母も、七年前に病気で……それからは私が女将です」

坂から旅館へと続く石段を見上げた女将は、間を置き言った。

「ほかに継げる者がおりませんから」

数秒にも満たない沈黙だったが、服の繊維でも小さく引っかけたみたいに穂積の心に留《とど》まる。

「では、もう七年も……大変でしたね」

「最初は女将と言っても名ばかりで、周りに助けられてばかりでしたけどね。穂積さまは、どうして出版社に？」

「え……」

まさか自分に矛先が向くとは思わず、驚いた。

「編集のお仕事に興味がおありだったんですか？」

振り返らないまま問う女将は、ゆるゆると続く階段を上りながら続ける。どうして自分の仕事なんかに興味を持つのだろうと不思議に思いつつも、穂積は正直に応えた。

「実は興味は特になかったんですけど、気がついたら流れ着いてたっていうか……」

「流れ着く？」

「俺も親はいないんです。中学のときに車の事故で二人とも……」

前を行く草履の足が止まりかける。

「あっ、気にしないでください。昔のことは、もうなんとも思っていませんから……淋《さび》しくもありません。結構薄情なんです、俺。えっと、それで……なんだったかな……」

身の上話なんて、入社の際に社長に経歴として話をしたぐらいだ。特に隠しているつもりもないけれど、誰も訊かなかったし、酒の席だろうと進んで自分のことを語りたいとは思わなかった。

「ああ、出版社に入った理由でしたね。親戚の家に世話になっていたんで、早く自立したかったんです。弟もいて、負担になるのは心苦しかったっていうか……いろいろとバイトをしているうちに、正社員にしてくれたのがたまたま今の会社でした」

最後まで説明しても、行き当たりばったり感は否めない。詳しく話そうとすればもっと長くなる。バイトから正社員になったのは事実だが、出版社のバイトに就けたのは、穂積が十八歳という年齢で遅ればせながら入学した定時制高校を卒業してからだった。

それまではずっと中卒で肉体労働中心のアルバイトの生活だった。

「すみません、夢がなくて」

「似た者同士ですね」

「えっ？」

「私と穂積さま、案外似てるんじゃないかと思って……と言っても、両親が早くからいないところだけですね」

女将は、ふっと笑んだ。

振り返った顔を夕日が包む。気づけば周囲はすべて、夕焼け色に飲み込まれていた。

空も山も。登ってきた石段も、町の中心を流れる川の岸辺も。絶え間なくそこかしこで立ち上る湯煙さえ、町の名のごとく、燃えるような茜色に染まっている。

——茜の谷。本当だ。

臙脂だと思っていた女将の着物も、きっと谷を象徴する茜なのだろう。

一日の終わりに、太陽が別れを告げるかのように赤く染めた空気の中で、女将の顔は柔らかく笑んでいて、穂積は目を離せなくなる。

「あの、どこかでお会いしたことがありませんか?」

何故そんなことを口走ったのか、自分でも判らなかった。

女将は少しだけ瞠《みは》らせた眸を、次の瞬間にはすっと細め、赤い唇で笑う。

「あら、光栄です。でも、よくそう言われるんですよ」

急に冷めた風な声だった。

踏み込もうとしたら、近づくどころかトンと胸元を押されて、石段から転げ落ちたみたいな感覚。

もしや、ナンパめいた古典的な口説きと誤解されたのかもしれない。あまり回転がいいとは言えない頭で穂積がそう思い当たったときには、女将はもう背を向け、項の後れ毛を揺らしながら石段を上って行くところだった。

誤解を解く隙も与えられなかった穂積は、大人《おとな》しく着《つ》いて歩く。

自分の顔も夕焼け色に赤く染まっているのは気づかなかった。

宿に戻ると、一階の食事処で夕食だった。無銭で宿泊させてもらっているのだから、食事内容に贅沢を言うつもりもなかったのに、客と同じ季節の会席料理だ。取材を意識したもてなしに穂積は恐縮した。

どんなに美しい料理が出てきても、大々的にカラー写真で載せたりはできない。本のコンセプトがほかのガイドブックと違うことは事前に説明していたが、理解されているのだろうかと少々不安にもなる。

とはいえ、久しぶりの美食は穂積の胃袋を深く満足させ、部屋に戻ると座卓が窓際の板の間の内縁に寄せられており、布団も敷かれていた。

見るからにふかふかとした、寝心地のよさそうな布団だ。編集長に電話連絡をした後、穂積はノートパソコンを開いたものの、作業もすすまないまま誘惑に負けた。

「あ……」

目が覚めると布団の上で天井を仰いでいて、だいぶ時間が経《た》っていた。

軽いうたた寝のつもりが、しっかりと睡眠に変えてしまったらしい。先輩社員の植田《うえだ》の仕事が佳境で、今朝まで雑用係として付き合い、連日の泊まり込みだったのだ。いつもどおり寿命の縮む滑り込みの校了で、どうにか目途も立って解放されたものの、大慌てで自宅に戻りそのまま荷物をまとめて出発したのだから、体力的にも限界に近かった。

穂積の日常はどこにいてもあまり変わりがなかった。旅先で『着いたよ』とメールを送る相手もいなければ、夕食の写真をいちいちアップして披露するSNSの類《たぐい》もやっていない。人によってはそんな地味な穂積の毎日を不幸だと思うらしく、強引にコンパに駆り出されたこともあったけれど、心惹《ひ》かれる女性は現われなかった。

第一、選《え》り好みをするほどモテない。面白いことを言って場を盛り上げる話術もない穂積は、コンパには判りやすく不向きで、収入も身長も一般的な女性の好みからは外れる。顔は母親似の二重の眸が綺麗だと言われたことならあるけれど、人に褒められた経験といったらそのくらいだ。

髪型も服装も拘りのない、枯れた中年男みたいな生活を送っている。けれど、穂積は冴《さ》えなくとも恋人がいなくとも不満はなかった。

仕事があって収入があって健康。今はそれに加えて、寝心地のいい布団で眠れる。

これ以上なにか望む必要があるだろうか。

寝返りを打って横臥《おうが》すると、手のひらをシーツに滑らせる。さらさらしたシーツは、ひやりとした感触だった。

あの手を思い出す。もう顔も覚えていない、あの夏の日に救ってくれた男のこと。

穂積はべつに女性に興味が乏《とぼ》しいからと言って、男性が好きというわけではない。だから、いくら恩人とはいえ、いつまでも忘れずに思い返し、好きなタイプを問われて応える自分の感情がなんだか判らずにいた。

――単なる憧れだろうか。

自販機で男は水を買ってきてくれた。飲んだら意識もだいぶしゃんとしてきて、会話も少ししたのに、どうして顔を忘れてしまったのだろうと思う。

橋の上で風にでも浚《さら》われて、取り戻せなくなった帽子のような喪失感。目を閉じ、淡い記憶の海を泳ぐ。あの日のことを思い返そうとした穂積の頭には、男ではなく茜色の光に包まれた顔がふと過った。

驚いて、かばりと身を起こす。

「……なんで」

ふるっと一度黒髪の頭を振って、畳に転がした携帯電話で時間を確認した。

悠長に寝ていられる時間ではなかった。日付も変わっており、知らされていた入浴時間も過ぎている。確か十二時のはずだったと思いながらも、急いで替えの下着と浴衣《ゆかた》を抱えて部屋を出た。

廊下はほかに宿泊客がいないかのように静かだった。離れの浴場へ向かうガラス張りの通路からは、中庭の灯籠《とうろう》の明かりが美しい。うぐいす色の暖簾《のれん》の下がった浴場の入口の灯《あか》りも点《とも》っていて、まだ閉まった様子はなかった。

二手に分かれた左手、男湯の上り口で草履を脱ごうとしてホッとした。

先客がいる。履物があるし、脱衣所のカゴも一つ使われていた。

――まだ客がいるなら、きっと入っても大丈夫だろう。

壁の時計で時刻を確認し、手早く服を脱ぐ。入口に積まれたタオルを摑んで、磨《す》りガラスの引き戸に手をかけ、勢いよくがらりと開けた。

中はもうもうとした湯気が充満している。内湯の奥には、眺めのいい旅館の自慢の露天風呂もあるらしいが、今はゆっくり浸かる暇はない。温かい蒸気に裸の身を包まれながら、穂積はまずは洗い場のほうへと向かおうとして足を止めた。

広い湯船の奥に、浸かる人影がある。

先客がいるのは判っていた。お仲間がいるからこそ安心して服を脱いだはずなのに、ぎくりと身を強張らせる。

高い位置で結われた髪。湯に浸かりそうに長いほつれ毛。とても同性には見えず、ぎょっとなって凝視した穂積には、それが誰であるのかすぐに判った。

惜しげもなく流れる源泉の湯の音だけが響く浴場で、一ミリたりとも動けないまま互いに見つめ合う。

視線の先にあるのは、化粧気がなくとも整っていると判る美しい顔立ち。『何故、女将がここに』と思うよりも、間違えて女湯に入ってしまったのかという、血の気の引く焦りのほうが先に襲った。

しかし、左側が男湯であったはずだ。それに、化粧を落とした女将の顔に穂積は違和感を覚えた。いや、顔の問題ではなく、もっと下の見てはならない——

「あ、あなたは……」

穂積の発しかけた言葉は遮られる。

「きゃあああっ‼」

突然上がった悲鳴に、心臓が止まるかと思った。

声の主は湯船の女将ではない。背後を振り返ると、清掃用具を手にした女性従業員が戸口に立っていた。

「なっ、なにをやってるんですか、お客さん！」

その声にはっとなったように、女将は手にしたタオルを湯に沈めて身を隠し、穂積はどうしていいのか判らず狼狽《うろた》える。

「えっと、あの……」

いつも落ち着いているとか、ぼうっとしてるとか、良くも悪くも言われる双眸《そうぼう》を、ただおろおろと彷徨《さまよ》わせるしかできなかった。

茜谷の温泉の泉質は様々で、湯色は各旅館によって違うというが、あけ川荘は全国的にも数の少ない青湯だ。

青いといってもその日によってその色は変化し、ぱっと見は無色透明に近いことが多い。つまり、湯の中の体は見通すことができる。

「おはようございます、穂積さま」

翌朝、食事処の入口で声をかけられた穂積はどきりとなった。どうにも熟睡できずに寝ぼけ顔の自分に対し、昼と変わらぬきっちりとした着物姿の女将の朱川は、まるで何事もなかったかのように爽《さわ》やかな笑みだ。

「よくお休みになられましたか？　昨夜は旅の疲れも出られたのでは？」

「え、あっ、まぁ……いや、それほどでも」

「そうですか、お若いですからね」

「あ、あの……」

「朝食は昨晩と同じあちらのお席にご用意いたしましたので、ゆっくり召し上がってください。すぐにご飯とお味噌汁《みそしる》を用意させます」

さぁさぁと半個室となった掘り炬燵《ごたつ》の席へ案内され、穂積は靴を脱いで畳敷きの小さな間へ上がりながらも、意を決して口を開く。

「あの、昨日のことなんですけど……」

「晩は大変失礼をいたしました。掃除は私が一人でするると言っておいたんですけど、どうも伝わっていなかったみたいで」

『おほほ』とあからさまな作り笑いが返ってきた。強引に丸め込まれた穂積は、もやりと胸に蟠《わだかま》ったものをすぐに言葉に変えることができず、座卓に着く。

――いや、そういう問題ではないだろう。

誰が掃除の担当をするかはこの際関係がない。

『男湯ではないのか』

昨晩、悲鳴を上げられてしまったときも、慌てて脱衣所へ戻った穂積はへどもどしつつも従業員に尋ねた。露天からの眺めが違うため、朝晩で男湯と女湯を入れ替えるのだと説明された。

そして、入浴時間の過ぎた深夜は、どっちつかずの入れ替わりの時間帯であると同時に、従業員が清掃がてら利用することもあるのだとか。特に女将は浴場の状態を自らチェックするため、時折湯に浸かってみるのだという。

源泉かけ流しといえど、それを謳《うた》うだけではいい宿とは言えない。日本人はかけ流しを闇《やみ》雲《くも》にありがたがるところがあるが、浴槽内の湯の流れや衛生管理が徹底されていなければ、いい湯にはなりえない。当たり前のようでいて実際は無知であったり、手を抜く宿も存在する。

立派な心がけだ。

しかし、穂積が今疑問に思っているのは、そんなことではない。何故利用していたかでも、男湯と女湯の右左のありかでもなかった。

一晩、布団で悶々《もんもん》と寝返りを打ちながら考えた。

あれは、男の体ではなかったのか。

青く透き通った湯の中に映った体つき。咄嗟《とっさ》のことですべてを目にしたわけではないけれど、女性にしてはしっかりとしすぎた肩の下の胸元には、あるべき膨らみがなかったように思う。

——一体、どういうことだ。

「失礼します～」

朝食の膳を前に、箸を取るのも忘れて首を捻っていると、仲居が姿を現わした。女将が自らなにかと世話をしてくれているが、穂積の部屋にも担当の仲居はおり、昨日も夕食の配膳をしてくれた着物姿の中年女性だ。確か名は邑田《むらた》と言う。

「穂積さま、おはようございます～」

「あ、おはようございます」

穂積がぺこりと頭を下げると、何故だか含み笑いのような笑みが返ってきた。

「ご飯は白米と五穀米、おかゆもご用意できますが、どれになさいますか？」

腹を膨らましてくれるならなんでも構わないが、なんとなく体によさそうな響きの五穀米にした。

魚の焼き物に香の物、ふっくらと焼き上がった厚焼卵に湯豆腐。地産地消にも拘っているという旅館らしい和朝食は、夕食の豪華さとはまた違い、優しさを感じる和みの料理だ。普段は味わえないバランスの取れた朝食に、ほどよく空いた穂積の胃袋は喜ぶべきところ、箸の動きは冴えない。

仲居がご飯と味噌汁を運んでくると、穂積は思わず取材口調になって尋ねた。

「あの、女将さんについて伺いたいことがあるんですが。昨日、実は風呂場で気になることがありまして……」

「やだ、お風呂場の件でしたら気になさらなくていいんですよ。女将もサバサバした人ですから」

「えっ」

まだなにも言っていないのに、夜の出来事は仲居の耳にまで届いているらしい。もしかして先ほどの挨拶の際の妙な含み笑いは、そのせいか。喋ったのが女将でないなら、あの掃除担当の女性のほうだろう。

入浴時間を無視したとはいえ、客のプライバシーを広めるのはどうかと思うものの、女将の裸を見たとなれば話は別らしい。

「穂積さまはお若いですし、女将さんは美人ですから、そりゃあ気になりますよねぇ」

まるで覗きでもしたかのような言われようだ。

「ち、違います」

「お気になさらないでください。他言無用にいたしますから」

「そうじゃなくてっ！」

他言無用と言いつつ、すでに類稀《たぐいまれ》な珍騒動として従業員の間に広まっている。『おほほ』と女将のように笑う厚化粧の仲居に、穂積は追い詰められたようになって問い返した。

「あの人、本当に女ですか？　男じゃないんですか？」

あまりにもストレートに飛び出させた言葉に、自分でも『あっ』となる。仲居は見るからに驚いた表情で、つぶらな眸を丸く見開かせた。

「まぁまぁ！　千晶さんをモデルみたいだとかおっしゃられる方はよくいますけど、男だなんて！」

「すみません、でもですねっ……」

「身長のことでしたら、お母さまも背はお高い方でしたよ」

「……お母さま？　亡くなられたと聞きましたが……」

「私はまだここに入って五年ですけど、お写真で拝見しましてね。なんでも、ミスなんとかでグランプリを獲った写真でしたよ。千弥子《ちやこ》さんとおっしゃいましたか、それはもう美しくてスタイルのいい方で！　上京して茜谷始まって以来の女優になるなんて話もあったみたいで〜」

直接会っていないわりには、いろいろとよく知っている。仕事の合間の噂話か。女性のお喋りのパワーにはついていけないが、こうして情報を得るには助かる。

「ならなかったんですか？」

「結局、諦《あきら》めてお戻りになって、旅館を継ぐためにお見合い結婚をなさったとか……」

「邑田さん」

通路から響いた声に、畳に膝をついた仲居はびくっと着物の背筋を伸ばした。

「八番、お越しになられたからお願いしますね」

女将のすっとこちらに向いた目と視線が絡《から》み、穂積は聞かれてしまったらしいと直感的に思った。

どことなく冷ややかな眼差し。母親の昔話だけならいいが、性別を疑う発言から聞かれたならまずい。

そそくさと仲居が出て行く前に、女将の姿は通路から消えてしまい、穂積は言い訳どころか一声も発することができなかった。

どうなっているのか、わけが判らない。

女将の朱川への疑いは晴れないままだったが、旅館でののんびり様子を窺《うかが》ってもいられないので、急いで朝食をすませて出かけることにした。

温泉地の取材なんて言うと、人には十中八九羨《うらや》まれるが、そう楽しいものでもない。湯に浸かるのが心地いいのは最初の一、二軒だ。似通ったものを食べ続ければ味なんて判らなくなるのと同じで、次第に苦行になってくる。

それでもなにか面白いネタになるものはありはしないかと、なんの変哲もなさげな公衆浴場でも、穂積は立ち寄れる湯には片っ端から入ると決めていた。

服を脱いで、湯に浸かって、服を着て、また服を脱いで。脱衣の作業も面倒で、インナーからニット、しまいにはその上のパーカーまで脱皮のように一纏《ひとまと》めにすっぽりと脱ぐ。

茜谷は外湯が多い。土地柄の一つで、古くから栄えた温泉地ほどその傾向がある。昔は現代と違い、宿泊してホテルや旅館の内湯を楽しむよりも、温泉といえば外湯めぐりが中心だったからだ。そもそも宿が外湯と変わらない、もしくはそれ以上の豪華な設備の浴場を持つようになったのは近年のことで、湯治場としての歴史は室町時代まで遡《さかのぼ》るという茜谷に、外湯が数多く残されているのは当然だった。

水色のタイル張りがどことなく懐かしいワンコイン……五百円ではなく百円の銭湯で、湯船から上がった穂積がタオルを手に突っ立っていると、背後から声が響いた。

「兄ちゃん、どうした？　サウナ入るなら、早くしとくれ。狭いから、何人も入れねぇんだよ」

常連風の中年の男性客は、小さな木製の扉の前で止まったまま動かずにいた穂積を怪訝そうに見ている。

「あ、いえ、俺はいいですから。どうぞ」

我に返って先を譲った。首を捻りつつ入って行く男の体越しに、畳二畳分もなさそうなごく狭いサウナが覗く。見た感じ、街の銭湯でも見かけるタイプのなんの変哲もないサウナだ。

——試す必要はないだろう。

まるで自分への言い訳のようにそう考え、穂積はそそくさと脱衣所へ向かった。

気を取り直し、次の取材場所を目指す。湯に浸かるばかりでなく土産物屋などの商店も巡り、川沿いのメイン通りの店に足を運ぶと、出てきたエプロン姿の女性がぺこりと頭を下げた。

「昨日はどうも、お世話になりました」

広々とした土間が迎える店は、和菓子屋の『湯の月堂』だ。

「いえ、僕はお役にたてるようなことはなにもしてませんから……」

的外れの猫探しをしていただけだ。しょっぱなからへどもどしつつ、昨日は出しそびれた名刺を渡す。取材の旨を告げると、主に店番を任されているらしい多恵は快く了承してくれた。

饅頭屋とも呼ばれているだけあり、ごく庶民的な店構えだ。街中の高級和菓子店のようなツンと澄ました空気はない。名物の湯蒸し饅頭も、第一印象はどこの温泉地にもありそうな饅頭だったけれど、口に運んでみるとほのかに香る柚子《ゆず》が特徴だった。

「蒸しているところを見せてもらってもいいですか？」

「構いませんけど、見ても面白いものじゃありませんよ？」

饅頭屋の嫁にとってはそうでも、湯煙すら物珍しい観光客には見ごたえがないとも限らない。

蒸し器がいくつも並ぶ奥の作業場では、多恵の夫である店主が作業をしていた。寡黙な男らしく、コクリと一つ頷いて見せたのがどうやら挨拶だ。

「千晶さんにも言われたんですけどね。せっかくだから、お客さんにも見えるようなつくりにしたらどうかって。ガラス張りにしたり、オープンスペースっていうの？　でも、お金もかかるし、ほら旦那もこのとおり愛想なしだから性に合わなそうで、なかなかねぇ」

多恵は小声で耳打ちするように言った。

それでも、女将の提案は無下にしたくないのだろう。

茜谷の住人たちと言葉を交わすうちに判ったのは、みな朱川千晶に大きな信頼を寄せているということだ。

「朱川さんは、この町の温泉組合の会長なんですよね？」

「ええ、本当によくやってくれてて、私だったらとてもとても……同い年なのにねぇ」

「同級生なんですか？」

「幼馴染《おさなじ》みなんです。子供の頃はよく一緒に遊んでたんですよ？　うちの主人もみんな年が近そうだとは感じていたけれど、『千晶さん』と親しげに呼びつつもどことなく遠慮のある呼び方や振る舞いに、幼馴染みとまでは思っていなかった。

「朱川さんは子供のときはどんな……その、小さいときから……ああだったんですか？」

「『ああ』って？」

急に奥歯にものが挟まったような物言いをする穂積に、多恵は訝《いぶか》る表情を見せる。

「見た目とか……雰囲気です。あの身長も……ほら、モデルさんみたいだなって」

「……背はどうだったかしら、昔からクラスの女子の中では、高いほうだったと思うけど」

『男じゃないですか？』なんてまた勢いで言ってしまうわけにもいかず、穂積は婉曲《えんきょく》な探りを入れ、多恵が疑いを晴らすかのように言った。

「写真、見ますか？」

店の片隅の丸テーブルの席で出された茶を飲みつつ大人しく待っていると、ほどなく二階の住居から彼女はアルバムを持ってきた。古いが大事に思い出が整理されていると判る、大きな白いアルバムだ。

穂積の予想に反し、多恵と一緒に写った少女には女将の面影《おもかげ》があった。

「子供の頃から、それはもう綺麗でねぇ。活発な女の子だったから、茜谷一番のおてんばなんて言われてたけど、千晶さんみんなに好かれてたわ」

ページを捲《めく》る多恵が手を止めた写真では、ロングヘアの美少女が夜店の前で真っ赤なリンゴ飴《あめ》にかぶりついている。みんなで夏祭りに行ったときの写真だと多恵は説明した。

「小学生ですか?」

「四年生か、五年生だったと思うけど」

女系家族で、あけ川荘は代々女が跡取りだと女将は話していた。けれど、いくらなんでも男が生まれたからといって『千晶』と名づけ、女の格好をさせて育てるなんて時代錯誤なドラマみたいな真似はしないだろう。

写真の少女は屈託ない顔で笑っている。美少女だが、さすがに現在の色気からは程遠い。

「どうです? なにか判りました?」

無言でアルバムに視線を落とし続ける穂積に、多恵はそろりとした声で反応を窺い、顔を覗き込んできた。


「今日は休みか……」

饅頭屋を後にした穂積は、寺へ向かう坂道の途中にひっそりと佇《たたず》む洋館に立ち寄った。

大正時代に建てられたという二階建ての小さなホテルは、現在は貴重な文化遺産として登録有形文化財にも指定され、茜谷の歴史を紹介するギャラリーになっている。

門扉に下がった休館日の案内に、残念に思いつつ立ち去ろうとして『ん?』と首を捻った。今日は月曜日だ。休館日の水曜ではない。

しかし戸は固く閉ざされており、仰ぎ見る洋館は人の気配が感じられない。吹きガラスの格子窓は、曇り空を映したかのような柔らかな輝きを静かに放っている。

洋館といっても温泉地の景観を壊すような建築物ではなく、木造の和風の離れとの調和も美しい建物は、是非とも押さえておきたい場所だった。けれど、開いていないものはしかたがない。

穂積はため息をつきつつその場を離れた。

茜谷には営業しているのかしていないのか、判りづらい店が数多くある。張り巡らされた石畳の道沿いには、風情のある木造建築が数多く目につくものの、金文字で旅館名の書かれた引き戸のガラスを叩いてみれば無人で、覗けた玄関の壁には時代を感じさせる日に焼けたポスターが貼られており、軒下には雨風に晒《さら》され続けた売地の看板が落ちているという具合だ。

廃業はなにも小さな旅館ばかりではない。解体中のコンクリートのホテルも見かけた。バリバリと打ち壊すユンボが力強くアームを動かす様は、穂積もかつてよくバイトで目にしていた光景だった。

もう午後も四時近い。旅館へ戻る前に少しメモをまとめておこうと、通りすがりの小さな公園に入った。温泉街らしく足湯があり、ぐるりと周りを囲むように石造りのベンチになっている。一人先客がいた。膝までズボンを捲《まく》って、足をどっかりと湯に浸けているのは饅頭屋の隠居老人の玉二郎だ。

「こんにちは」

一応声をかけてみる。

「………………」

返事はなかった。

余所者《よそもの》嫌いだからか、昨日猫と勘違いしていたのを察せられているのか。もしくは迷子騒動自体、覚えていないのかもしれない。

心地よさげに細めた目で真《ま》っ直《す》ぐに正面を見据え、湯に足を入れた姿は、温泉に浸かる猿の図を思い起こした。むろんそんな感想は口にできるはずもなく、穂積はピクリとも動かない老人に少し距離を置いて座る。

スニーカーは脱がずに足湯に背を向け、ややくたびれたショルダーバッグからノートを取り出すと、黙々とペンを動かしメモをまとめ始めた。

没頭すると自然と前屈《まえかが》みになる。取材でのコミュニケーションはあまり自分に向いた職業ではないかもしれないと反省も多々生まれるが、こうして一人で取材ノートに向き合うときには心が落ち着いた。

一人だ。誰もいない。風が吹いても隣に老人がいても、文字を記憶から引っ張り出して並べる作業は一人きりの作業だった。

粗方《あらかた》書き込んだところで、賑《にぎ》やかな足音が聞こえてきて、はっとなる。顔を起こして確認すると、路地の側溝から上がる湯気を蹴散らすように騒々しくこちらへ向かって来るのは、五、六人の中高年の女性グループだ。

「あった、あった！」

口々に言い、何事かと思えば公園の西側出口に設置された地蔵に向かって手を合わせ始めた。傍の石鉢《いしばち》の柄杓《ひしゃく》で水をかけている。

この町は至るところに地蔵がある。なんでも地の神様を鎮めているのだとか。火山性の温泉町ならではの光景といえるが、グループが歩き去ったので近づいてみると、ますますその独自性に気づかされた。

「湯かけ地蔵？」

女性たちがかけていたのは水ではなく、源泉の湯だった。

石の鉢からは風に吹かれながらも湯気が淡く立ち上っている。地蔵の背後には説明の看板も立っており、なんでも湯をかけながら地蔵に願い事をすると叶《かな》うのだとか。日々欠かさず湯を受けているためか、地蔵の表面は御影石《みかげいし》のように美しく光っていて、まるで新品のごとく綺麗だ。人々の願いを一身に受けているからかもしれない。

穂積は早速数枚の写真を撮り、自身も柄杓で湯をかけ始めた。特に信心深いわけではないけれど、こういうものは軽い気持ちで向き合っても自然と真剣に祈りたくなってくる。

とりあえず、本の出版の無事を願って地蔵の頭から肩へ何度も湯をかけていると、路地のほうから声がした。

「いいでしょう、そのお地蔵さん」

穂積はびくりとなって顔を向ける。

「朱川さん……」

「その地蔵ね、私が考案したんです」

「えっ……」

どこへ出かけていたのか、着物に羽織をはおった朱川は立涌《たてわき》に桜の文様の風呂敷包みを手にしている。旅館へ戻るところだったらしく、石畳をサクサクと歩き出し、穂積は慌てて後を追った。

「今のどういう意味ですか？」

「三年くらい前にね、観光スポットの一つになればと思って作ったんですよ。お湯かけ地蔵。『願いごとが叶う』なんて言われたら、ちょっとトキメクでしょ？」

「……って、つまり嘘なんですか？」

もっともらしく書かれた看板は、すべて眉唾《まゆつば》の客寄せ広告。実際新しい地蔵なのだから、石が綺麗に見えるのも当たり前だ。ありがたがって手を合わせていた観光客も知れば憤慨するやもしれない。

「嘘って言ったら、まぁそうですけどね。ご利益《りやく》に『絶対』なんてないんだし、こういうのは気の持ちようでお客さんが楽しめればいいんですよ。『通えば通うほど願いが叶う』って文を添えときゃよかったって今は思ってるんですけどね」

「あ、朱川さん……」

穂積はなんと返したものか判らず戸惑う。

心なしか昨日よりずっとサバサバとした口調で語る女将は、「そのほうが、茜谷のリピーターも増えるでしょ」と臆面もなく言い放って、紅色の唇の口角をきゅっと上げた。

「ズルでもなんでもしますよ、私は。この町の繁盛のためでしたら。それがあの高台の旅館に生まれた者の宿命ですからねぇ」

『宿命』とはまた、随分と古風というか大げさな言い回しだ。

「なにか特別な事情でも？」

問いかけに答えは返って来ない。羽織の背中は振り返る気配すらなく、美しく張られた温泉町の情緒ある石畳を歩く。

夕焼けに町が色を変える時刻。茜色に染まった石段を朱川は足早に上り始め、足袋《たび》が草履の上で滑ったのか、軽快な足取りを崩してよろけた。

「あっ……」

『危ない』と声を上げるより先に、穂積は手を伸ばした。朱川はすんでのところで階段を踏み外すのを堪《こら》えたが、咄嗟に回しかけた手は急には引っ込まない。着物の身をしっかりつかんでしまい、勢いよく払い落とされた。

「すっ、すみません」

「機に乗じて、確かめようとでも？」

「え？」

「女の身かどうか、知りたいんでしょう？」

「そんなっ、俺はただ助けようと……」

朱川はすっと眸を細めてねめつけ、言い訳はいらないとばかりに返した。

「姑息《こそく》なことを考えるんじゃないよ、坊や」

ばっさりと切りつける朱川の人が変わったような物言いと、そして寄越された鋭くも人を惹きつける蠱惑《こわく》の眼差しに、穂積は息を飲む。

「ぼ、ぼう……」

「セクハラで訴えられたくなかったら、妙な気は起こさないほうがいい……ってことですよ」

やはり朝の仲居とのやり取りを聞いていたのだろう。滞在早々、これでは先が心配になる。

警戒してピリピリと神経を尖《とが》らせられているとしか思えなかった。

「来年まで千晶ちゃんに会えないかと思うと名残惜《なごりお》しいねぇ」

旅館の玄関口から聞こえてくる声に、ロビーの長椅子《ながいす》に座る穂積はメモを書き込む手を止め、目を向けた。

差し込む朝日に白髪の光る男は、どうやらチェックアウトする客だ。女将の朱川が揃《そろ》え置いた履物に足を入れながら、着物の肩に回しかけるようにしっかりと手を置いている。

足腰も覚束《おぼつか》ない年齢なのか、それともロビーまで透けて伝わるほどの下心があってか。

「是非春までにまたいらしてくださいな。城戸《きど》さんのお好きな蔵のお酒も用意しておきますから」

「ほう、それは早いとこまた来ないとな」

「ええ、お待ちしております。お車までお送りしますね」

ぱっと見には、美人女将と骨抜きにされたスケベ親父《おやじ》……もとい、初老の紳士の構図である。どこぞの高級クラブあたりで、夜な夜な繰り広げられている光景に見えなくもないが、ここは下心ではなく旅心を満たす宿だ。

笑みを絶やさず受け流す朱川は、ごく自然な動きで男の手を肩からするりと落とし、駐車場へと送りに出て行った。

「はぁ……」

穂積は自然と溜《た》め息《いき》を零した。

一昨日《おととい》、ここに到着したばかりのときには覚えなかった溜め息だ。視覚の情報どおりに女将が女であれば、大した客あしらいだと感嘆に変わるところだけれど、男であったならどうだろう。

詮索《せんさく》するなと牽制《けんせい》されても、ダメだと言われれば言われるほど知りたくなるのが人の性《さが》。いや、今までは他人の問題に首を突っ込みたがるほど無粋ではなく、情報を売りにした出版社の編集部員にしては好奇心も逞《たくま》しくない。

なのに、女将――朱川のことは気になる。

雑念を振り払うように手元の手帳に視線を戻し、今日の予定を確認した。滞在三日目の今日は、一般の観光客の見落としそうな商店を中心に回ろうと考えていた。

連れもいないマイペースな旅人である穂積は、ふらりと朝日の中へ出る。たった数日の間に山の秋は深まり、また一歩冬へと近づいたのか、昨日より朝の空気は冷たい気がした。

思わず深呼吸のしたくなる谷の眺め。石段を下りたところで上着のポケットに突っ込んでいたマップを取り出し、開いて道筋を目で追っていると、耳馴染《なじ》んだ声が響いた。

「今日はどちらへ?」

はっとなって顔を上げる。まとめ髪の美人女将が、路肩をこちらへ向かってくる。朱川は車を見送りに表まで出ていたらしい。

穂積は少しばかりぎこちない声を発した。

「ひ、東側のほうに行ってみようかと。タマ……猫を追いかけていたときに、小さな店があったようなので」

メインの川沿いからは離れた通りだ。かつては賑《にぎ》わった時期もあったのを伝えるシャッター通りと化していたが、いくつかはまだ営業中の様子だった。

「下手《しもて》の藤湯通りでしたら、『しぐれ工房』が面白いかもしれませんね。ご主人の作るガラス細工は見事で、うちの土産コーナーにも卸してもらってるんですよ。お店のほうは昭和レトロって感じで、奥に工房があって、ご主人はだいたいいつもそこに籠《こ》もりっきりです」

「よさそうな店ですね。でも、その工房……地図には載ってなかったような」

「え？　そんな、確か名前入りで載ってるはず……」

開き見ていた折り畳みのマップに、穂積は視線を戻す。

観光地で配られる案内地図は、どうにも使い勝手の悪いものが多い。イラスト入りで親しみやすく作られてはいるものの、道筋が無理やり簡略化されていたり、逆に見落とすほど小さな目印が誇張されていたりで混乱する。

それにしても、町の東側……女将の言う谷の下手に、それらしき表示はない。傍から朱川も手元のマップを覗き込んできて、『げっ』と品格ある女将らしからぬ声を発した。

驚いて隣を窺えば、眉根《まゆね》を寄せた険しい表情に変わっていた。

「それ、どこでもらったんですか？」

「どこって……昨日昼ご飯を食べに入った定食屋です。橋の近くの大正軒《たいしょうけん》」

会計のときに、なにも言っていないのにすっと差し出されたのだ。観光客へのサービスだとしか思っていなかった。

「大村《おおむら》さんのところですね」

朱川の尖った声音は、なにやら忌々《いまいま》しげだ。『はぁ』と溜め息まで加わる。

「本物じゃありませんよ、それは」

「えっ？」

「正規の温泉組合のマップは、初日にお渡ししたものです。なくしたのでしたら、いくらでも新しいのを用意しますから」

「いや、なくしてはいませんけど……本物と偽物があるんですか？」

見づらいマップはよくあれど、観光マップの偽物なんて聞いたことがない。穂積は鞄《かばん》から最初にもらった地図を取り出した。

紙質やデザインセンスの差はあるが、どちらも似たようなイラスト入りの案内地図だ。でも、よく見ると紹介されている旅館や商店が違う。

「これは、どういう……」

訝しんで問おうとしたところ、路地を寺のほうから歩いてきた男が声を上げた。

「今日もいいお天気になりましたなぁ！」

いつ何時もぱっと艶やかな笑みに変える朱川が、地図を目にした仏頂面《ぶっちょうづら》のまま、長い首を渋々回すような仕草でそちらを見る。

「大河原《おおがわら》さん……」

「お見送りですか？　これはまた、随分若いお客さんだ。女将さんはお綺麗だから、ついつい惑わされて通いたくもなるでしょう」

「お客さまに失礼なことを言わないでくださいな」

「失礼だなんて、褒めてるんですよ。うちのカミさんもあけ川荘の女将ほどの器量よしで若ければ、繁盛してしょうがなかっただろうにってね」

どこか信用おけない顔をした恰幅《かっぷく》のいい中年男はニタニタと笑っているが、どう見てもいがみ合っているとしか思えない構図だ。朱川のほうはツンとした澄まし顔で、着物の腕を組んで不遜《ふそん》な態度を隠しもしない。

「どうも、『万丈《まんじょう》ホテル』の大河原です」

「あ……」

それだけですぐに判った。茜谷一番の大きなホテルだ。コンクリートの建物に、アンバランスな瓦屋根《かわら》。縁起物なのか金のシャチホコの載った悪趣味……好みの分かれる川の向こうのホテルで、ここからでもよく見える。

「光帆出版の穂積です、はじめまして」

頭を下げて名刺を取り出すと、男の顔からニヤけた笑みが引っ込んだ。

「……出版社？」

「穂積さまは東京から取材にいらしてる方です。茜谷を本で紹介してくださるそうで」

「へぇ……それはまた、朱川さんのアイデアで？　出版社までたらし込むとは、さすが」

色香で惑わしたかのような言いようだ。

「私からお願いしたのではありません」

客にはベタベタと触られても涼しい顔で笑っていたくせして、ピシャリと言い放つ。さらには挑発的に項のほつれ毛を指先で弄《もてあそ》びながら、朱川は艶然《えんぜん》と赤い唇の端を歪《ゆが》めた。

「まぁ、そう思いたいのでしたら思ってくださっても構いませんけど？」

冷ややかな流し目に舌打ちした男は、穂積の渡した名刺を無造作にジャンパーのポケットに突っ込みながら歩き去る。まだその背中も消えないうちに、朱川は吐き捨てるような声を発した。

「ニュー茜谷温泉組合の会長ですよ」

新しいと言いつつ昭和を思わせる響きの名称に、怪訝な顔になる。

「え？　どういうことですか？」

「どうって、そのまんまです。私が会長じゃ気に入らないってんで、大河原さんがお仲間集めて新しく立ち上げたんです」

温泉地では温泉組合が観光協会を兼ねていることは珍しくないが、逆に組合が二つなんて穂積の知る限りはない。

つまり、マップに店が載っていないのも、組合が二分しているからで――

「勝手にこっちの刊行物を観光案内所から撤去したり、妨害もいいところ。まぁ、うちが会長なのは茜谷の伝統だからで、若くて頼りにならないと思うのも道理でしょうけど。私も以前は組合会長なんて年功序列で、年寄り連中から選べばいいと思ってましたから」

『うち』というのは、『あけ川荘』のことだろう。一つの旅館の存在がそれほどに大きいとは、それもまた特異だ。

穂積は高台の旅館をふと仰ぐ。歴史を感じさせる数奇屋造りの建物は山を背負ったように構え、瓦屋根が朝日に鈍く光っている。敷地面積が随分広いように見えるが、左半分の似通った建物は高台を分けて建つお寺だ。

「大河原さんのまちづくりは、茜谷を大きくすることです。ホテルも町も、派手に大きく。時代に逆行してるんですよ。今は会社が福利厚生で社員を旅行に送り出していた昔と違って、団体より個人の小旅行客が中心です。温泉が求められているのは、歓楽ではなく癒し。大河原さんは、海外からの団体客を意識してるようですけど」

「最近は日本のどこもアジア圏からのツアー客は多いですからね」

ショッピングにテーマパークに温泉。そういった観光をしたいツアー客を押さえれば、確かに集客が見込めるかもしれない。でも、ますます国内の客にそっぽ向かれないとも限らない、もろ刃の剣《つるぎ》だ。

「だいたい茜谷に組合が二つだなんて縁起でもない」

「縁起？」

「茜谷では重複を嫌うんですよ。二つあるものは、幸運を二分するってね。昔、大きな土砂崩れで町が二分したとき、源泉が湯枯れを起こしかけたことがあったとかで。一時的な影響ですんだみたいなんですけど、それから言い伝えにね」

縁起が悪いと言いつつも、ゲン担ぎなんてくだらないと思ってでもいるのか、朱川はどこか自嘲《じちょう》的に笑った。

「これは……橋ですか？」

穂積が思わずぽろりと漏《も》らした疑問に、誇らしげに隣で壁を仰いでいた男は眉間《みけん》にしわを刻んだ。

正午過ぎ、今日はどこで昼をとろうかと通りをうろついていたときだ。大河原に捕まり、「飯ならうちのレストランで奢《おご》ってやるから」と万丈ホテルに連れて行かれた。

べつに食べ物に懐柔されたわけではない。大河原のホテルもいずれは寄る気でいた。なにしろ、茜谷一とも言われる源泉を誇るホテルである。しかし、派手な外観からして本のコンセプトにはそぐわない気がして、つい後回しにしていたのだけれど、こうして訪ねてみれば予想以上だ。

あまりいい意味ではなく。

「アホか、どう見ても万里《ばんり》の長城だろうが！」

穂積の鈍く期待を裏切る反応に、大河原はご立腹の様子で声を荒げる。

「……ああ、なるほど」

二人で眺めているのは大浴場の壁画だ。

よほどご自慢らしく、『これを見ずして茜谷は語れるものか』と連れ込まれた。

今は清掃時間で入浴客はいない。しかし、休まず流れ込むかけ流しの湯に、窓が開放されていても温度も湿度も高く、穂積は額《ひたい》に汗を滲《にじ》ませ壁を仰ぐ。

湯船の後方、上下も左右も広々とした壁画では、雄大な大地にかけられた石造りの白い橋……いや、堂々たる城壁がうねうねとさながら白い大蛇のように身をくねらせている。

「まったく万里の長城も判らねぇで、温泉地の取材なんてできるもんかね。出版社ってのはもっとこう、学のあるもんが入るところだと思ってたが」

万里の長城と温泉にはなんの関係もないだろう。富士山や、その他日本の風景なら判るが、よもや山深い谷の温泉郷のホテルの壁に万里の長城が描かれているなんて思わない。中国人もびっくりだ。

もしや、これも海外のツアー客を意識してのことなのか。

元から派手好きなんだろうけれど。

「出版社と言っても、大小様々ですから」

「ふうん、まぁ確かに旅館も大きい小さいいろいろあるがな」

「こちらのホテルは、源泉が大変立派だと伺っています」

穂積の言葉に、大河原はようやく気をよくした調子で相好《そうごう》を崩した。

「まぁ、うちは茜谷一だからな。来い、うちの心臓を見せてやる」

そう言って次に連れて行かれたのは、ホテルの敷地の裏手だ。

駐車場側ですらない、建物の裏の排水路に面したじめじめとした空間にそれはあった。大河原の言葉は大げさではなく、温泉ホテルの心臓部と言える源泉の噴出口だ。

茜谷でも数の少なくなった自噴泉《じふんせん》。自然に湯の湧出する源泉のことだが、旅館の源泉はまったくの手つかずで噴水のように湧き出しているわけではない。ボーリングを施し地中から噴出させるよう促《うなが》した、掘削による自然泉である。

人工的に湯道を開けたと言っても、地中奥深くから噴き上げてくるほどの温泉水の勢いは凄《すさ》まじく、管理は必要だ。

改めて目の前にすると、息を飲む温泉櫓《おんせんやぐら》だった。高さはホテルの三階ほどはあろうか。なにより上がる噴気がすごい。真っ白な湯煙はホテルの屋上まで届くほど勢いよく噴き上がっている。正しく噴気孔から出ているのだろうか。そう疑ってしまうほどに、まるで四方八方、そこかしこに亀裂でも入って堪えきれずに噴き出しているかのような勢いだ。

圧倒されつつも近寄ろうとすると、大河原に引き止められた。

「やめとけ、俺でもこれにはよう近寄らねぇ」

いつ爆発してもおかしくないような口ぶりに、穂積もそっと身を引かせる。

「まぁ、どのみちこの下にも通ってる蒸気なんだがな」

足元を示して、男はにたりと笑った。

「これ掘り当てたときは、あんまり勢いがありすぎて塞《ふさ》ぐかどうか迷ったって話さ」

今でこそ安全に温泉を管理しているが、昔は命がけであっただろう。

「大昔はこの辺り一帯の源泉はすべてと言ってもいいほど自噴だったんだが、今じゃ温泉開発で掘削数が増えすぎて水位も下がってな。揚湯《ようとう》は汲《く》み上げポンプに頼った源泉ばっかりだ。まぁ、それが悪いとは言わねぇけど」

「ポンプを使った動力泉は、今はもう日本の源泉の大半を占めていますからね。元は自噴だった源泉でも、切り替えなくてはならなくなったところも多いと聞きます」

「知ってるじゃないか、そのとおりだ。だからうちは特別なんだよ。西谷はどこもかけ流しの宿だが、うちほど自噴で湯量のある宿はねぇ。永泉屋《えいせんや》の昭三《しょうぞう》なんて、俺に湯を分けてくれって泣きついてくるくらいでなぁ」

「分けてるんですか？」

なにげない問いは、誇らしげな男への相槌《あいづち》のようなものだったが、大河原は急に反応を鈍らせる。

「ん？　ま、まぁな。こっちは捨てるほど出てるしなぁ。しかしおまえ、あけ川荘の女将に隠れてうちに来たりして、大丈夫なのか？」

自分から捕まえて強引に誘っておきながら、まるで穂積が朱川の目を盗んで取材を強行しているかのような言い草だ。

「べ、べつに隠れていません。こちらもいずれ拝見させていただきたいと思っていましたから」

「ふうん、まぁあいつには気をつけることだな。しとやかぶってるのは外面《そとづら》だけで、中身は修羅《しゅら》よ。なにかあると食ってかかってくるし、気が強いのなんのって」

「それは、食ってかかられるようなことをしたとかではなく？　組合の刊行物を勝手に撤去したと聞きましたが」

「ふ、古いもんだと勘違いしただけだ。それだってな、あいつは仕返しにうちの出した季刊報を焚火《たきび》にしたんだぞ。芋《いも》を焼いて持ってきやがった。風呂敷包みで『みなさんでどうぞ召し上がってください』ってな、思い出してもムカつく」

風呂敷包みを携え、石畳を歩いてしずしずとやって来る朱川なら想像がつく。嫌みの限りを飛ばしたであろうこともなんとなく。

「まったく、女のくせに可愛げがねぇったら。昔はもう少し愛嬌《あいきょう》があったもんよ。明るい子で、学校帰りに会ったら『おいちゃ〜ん!』つって、遠くからでも手を振ってくれてなぁ」

「知ってるんですか?」

「そりゃあなぁ、茜谷で千晶を知らん奴はいねぇ。この万丈ホテルを知らん奴もいないようにな」

さり気なく自慢を織り込みつつも、ハアと溜め息をつく。

「それがあんないけすかねぇ女になって帰ってくるとはよ」

「帰って?」

「東京の大学に行ってたんだよ」

「と、東京⁉ 朱川さんがですか?」

思わず声を上擦《うわず》らせた穂積に、大河原は怪訝そうに見返す。

「旅館の女将になるのになにを学ぼうってんだか、息抜きのつもりだったのかねぇ。けど、すぐにほら、大女将のばあさんが倒れたから茜谷に戻ってきたのさ」

「い、いつですか？」

「うーん、五、六年……いや、もっとなるか。ちょうど石畳敷いてる年だったな。この辺一帯、どこもかしこもアスファルト引っぺがして、湯煙だか土埃《つちぼこり》だかわかりゃしねぇ。秋の観光シーズンまでに整備するってんで突貫工事で、夏のクソ暑いときにありゃ最悪だったわ。なんで新しいもん壊して、わざわざ古く見えるもんを作るんだか」

大河原が渋い顔で口にしたのは、朱川も言っていたことだ。

『古く見せるために新しいものを壊すだなんて、妙な話なんですけど』

話に聞き入りながらも穂積は思い返し、高く上がり続ける湯煙を仰ぐ。

「そこにふらっとな、千晶が帰ってきたんだよ。こう、長い髪下ろして、具合でも悪かったのか真っ白い顔してなぁ。俺と目が合ってもニコリともしねぇ、まるで知らん奴見るような目で見やがる。陰気に俯いて坂を上って行ったさ」

変わりゆく故郷、変わらない湯煙。

戻ってきた朱川には、どんなふうに目に映ったのだろう。

今は積極的にまちづくりを進めている朱川だけれど、少なくとも昔は違ったのではないかと思えた。

「やっぱり閉まってるのか」

門扉に『休館日』の札の下がった洋館を見上げ、穂積はまた溜め息を零した。

確かに今日は札の案内どおりの休館日、水曜日だ。ギャラリーを一目見ようと通っているものの昨日も休みで、ならば『本来の休みである今日が代わりに開いていたりするのでは？』と望みをかけたが、このとおりだった。

諦めて、路地を公園のほうへ向かう。どこにいてもすぐに習慣は生まれるもので、一日の終わりに公園で取材ノートをまとめるのが日課になりつつある。

そして、もっと遥《はる》か昔から習慣にしているに違いない老人が、今日も足湯のベンチに座っていた。

「こんにちは」

声をかけたが、変わらず返事がない。穂積は構わず隣に腰をかけた。背を丸め気味にして一心不乱にノートに文字を書き綴《つづ》り続けるも、ふとペン先の動きを鈍らせ顔を起こす。

「ふるきよきもの……って本当はなんでしょうね」

呟《つぶや》きは呪文のようだと思った。

ノスタルジー、すなわち望郷。懐古主義でレトロなものが持て囃《はや》されるようになったのは、なにも温泉地に限った話ではない。

「確かに、新しいものを壊してまでそれらしいものを作らないと古さを感じられないなんて変ですよね」

答えはもちろん判らない。隣から返事が響くことはなく、代わりに聞こえたのは石畳を駆け抜けてくる軽い足音だ。

赤いランドセルを背負った少女が元気に公園に向けて走って来たかと思うと、入口の地蔵の前で足を止める。

この町の人間であれば地蔵が客寄せの新品であると知っているだろうに、健気《けなげ》にも柄杓で湯をかけ、しっかりと手を合わせ始めた。

純朴な少女の願いが地蔵の真偽に関係なく叶えばいいなんて、微笑ましい気持ちで眺めていると、風に乗って切実な願い事が聞こえてきた。

「お地蔵さん、お母さんがスマホ買ってくれますように！」

——スマートフォン。

あまりに現代的な願い事に拍子抜けする。

地蔵も新しいほうが叶うかもしれないなんて、思ってしまった。

「あんた、やぁっと来たね」

写真を撮りたいと言って名刺を差し出すと、公衆浴場のカウンターに並んだ双子のようによく似た背格好の婦人二人は、丸い顔を見合わせて言った。

「どういうことですか?」

穂積は怪訝に問う。

「いやぁ、だってあんた有名だもの」

再び二人で顔を見合わせて『あ、うん』の呼吸で納得されても、わけが判らない。

詳しく尋ね、ようやく理解した。茜谷にどこぞの記者が取材に来ているとの噂が立っているらしい。毎日方々をうろつき、路地裏に小さな看板を見つけては突撃、西のいわくつきのスポットを知れば周辺に聞き込みをし、東に二股のしっぽの温泉猫が現われると聞けば張り込みをして待ち構えるのだから無理もない。

『今日はうちか?』『あんたんとこはもう来たか?』町でそんな会話がなされていると聞き、さすがに気恥ずかしく思う。そういえば昨日訪ねた農家では、旅館に卸している素朴な卵農家と聞いていたのに、何故かよそいきの花柄ストールを首に巻いた奥さんが化粧バッチリで出てきた。

そして、今日はもう茜谷を巡り始めて五日目である。

「うちに来ないなんて、どういうことだろうってね」

「話してたんだよね、今朝も」

名物『かまくら蒸し』。ここは茜谷でも有名な蒸し風呂だ。

温泉にもいろいろあって、全身浴もあれば部分浴もある。湯に浸かるのではなく、蒸気に当たるサウナやミスト浴もまた温泉の一つだ。ここではかまくらのような石窯《いしがま》に入り、薬草を蒸した高温の蒸気を浴びる。

茜谷の中でも唯一の、蒸し風呂を専門にしている外湯だ。湯めぐりでは一番に訪れる者も少なくない中、取材が避けて通るとはどうしたことかと気を揉《も》まれていたらしい。

「さあさあ、とにかく入ってみてくださいな。男湯はそちらですよ」

夕方でどうやら空いており、暇を持て余していた様子だ。片方の従業員がいそいそとカウンターから出てきて、紺色の男湯の暖簾の下がった入口へと促す。

「あ、いや、とりあえず説明を……」

「あらあら、『百聞は一見にしかず』って言うじゃないの。一度入ってみればわかりますから。よくね『普通のサウナだろう』って言われるんですけど、入ってみたらまったく違うんでね、みなさんびっくりですよ～」

手ぐすね引いて取材を待ち構えていただけあり、自信がみなぎっている。

「もちろん注意事項はお話ししますけど」

「注意事項？」

「普通のお風呂と同じに考えると危ないんでね。まず健康な方以外はお断りしてます。源泉の温度は九十八度、かまくらの蒸気も八十度近いんで、そこいらのサウナとは比べ物になりゃしません」

「八十度……」

通常五十度前後のミストサウナの温度ではない。ドライサウナの温度だ。

脱衣場で薄い浴衣に着替えさせられ、問題の『かまくら』の前に案内されてみれば、名物になるだけのことはあるインパクトだった。

窯の高さは穂積の身長ほどもない。木戸の入口は厳重でどっしりと分厚く、『かまくら』なんて呼び名よりも、そのまんま石窯のほうがしっくりくると思った。『普段はパンを焼いています』なんて言われても、そのままうっかり信じて記事にしてしまいそうな外観をしている。

「まずはこちらをしっかりとお読みください」

そう言って示されたのは、入口に掲げられた看板だ。入るにあたっての注意書きが、まるで注文の多い料理店のように書き記されている。常識的な事柄ばかりだが、なにしろ入る先が窯なので疑い深くもなる。

「中に入るんですか?」

問いにしばし間を置き、従業員は『おほほ』と笑った。

穂積におかしなことを尋ねた自覚はなかった。先ほどからずっと表情は強張り、外より暖かい室内だというのに、寒風にも吹かれ続けているかのように顔色は青い。

「やっぱり、とりあえず写真だけ……」

「カメラの持ち込みは禁止っていうか、無理ですよ。中は暗いし、ほかのお客さんもいるし、湿気と温度で壊れちゃいますからね」

「ほかの方、中にいるんですか？」

「え？　ええ、今しがた入ったお客さんが一人」

パン生地ではなく、やはり人が入る場所なのだ。そう思うと、少しだけ気持ちが落ち着いた。背中を押されるまま開けられた木戸をくぐり、中に入ってみれば、確かに中年らしき男性客が一人いる。

らしきというのは、暗くてよく判らないからだ。ぷらんと天井から下がった豆球の明かりしかない。

なにぶん天井も低く、這うようにして薬草の上に敷かれた目の粗いゴザへと体を横たえる。どうにか身を落ち着けたものの、穂積を安堵させた隣人は一分と経たずにごそりと身を起こした。

名も知らぬ他人でも心の拠《よ》り所《どころ》。入れ替わるように窯から出て行かれてしまい、内心激しく狼狽《うろた》える。

窯の中は、あっという間に穂積ただ一人になった。

中は五人ほどが横たわるのがやっとのスペースだ。一人空いた分だけ広くなったはずなのに、開放感よりも閉塞感を覚える。窓は潜水艇のような嵌《は》め込みの明かり取りが小さく左右に一つずつあるが、もう夕暮れ時なのもあって頭上の豆球ほどの役割も果たしていない。シューシューとどこかで音がするでもなく、じりじりと焼けるような蒸気は静かに体に纏《まと》わりついた。

熱い。なによりも狭い。茜谷に来て穂積は数々の湯を回ったが、サウナは一つも入っていなかった。ごくありふれたサウナ室ばかりだったのもあるけれど、一番の理由は入るのを躊躇《ちゅうちょ》したからだ。

狭い場所を見ると、高所に立たされるよりも足が竦《すく》む。中に入ることを想像すれば心臓はバクバクと激しく鼓動を打ち、呼吸が荒くなる。目は開けていても閉じていても暗い。視界が狭《せば》まり、やがて平静を保っていられなくなる。

そう穂積は閉所恐怖症だった。

そして今まさに、恐れた症状に見舞われていた。

しかし、まだ入ったばかりだ。どうせ長湯なんてできる場所じゃない。五分から十分と聞いたから、耐えられない長さではないはずだ。

仕事だと自分に言い聞かせる。百聞は一見にしかず。長々と説明を受けるよりも、僅《わず》か数分の体験のほうがよほど情報になるのを穂積だって知っている。

普段は仕事のためなら閉所以外はどんな現場でも耐えられた。廃墟案内の本では心霊スポットと名高いトンネルで一人夜を明かしたこともあるし、経営破たんで閉鎖した病院では不法侵入で暮らしていた言葉の通じない外国人に囲まれ、金を奪われて、身ぐるみまで剝《は》がされそうになったこともある。

それでも平気だった。狭いよりは。

——あの日よりは。

「……はぁ、はぁっ」

荒い自身の呼吸音が鼓膜を打つ。

「はぁっ、はぁっ、はぁっ」

天井から下がった豆球の小さな明かりが、顔めがけて落ちてくる感じがする。風もないのに、赤く光は上下左右に揺らいで見える。

床の敷物に触れる肌が熱い。どこにも触れていなくとも、じりじりと蒸されて焼かれるように熱い。

熱い、熱い、熱い、痛い。

「……てっ……やめてっ……」

うわ言のような言葉を唇の間から漏らし、豆球から逃れようと腕を掲げた拍子に、噴き出す汗が水滴となって滴《したた》り落ちてきて、穂積は「ひっ」となった。

ぶたれる寸前の幼子のようにぎゅっと目を閉じ、身を小さく竦ませる。

「……めて、おとうさんっ」


幼い頃、物心ついたときには穂積の家に父親はいなかった。

ある日、代わりに血の繋がらない『おとうさん』という男がやってきて、母親はその男を父親と呼ぶように言った。『おとうさん』は「自分をおとうさんと呼ぶな」とは言わなかったけれど、父親になる自覚は一つもなかったろうと思う。

いつも、「うるさい」と言った。穂積や弟が遊ぶのを「うるさい」、喋っては「うるさい」、泣いても「うるさい」笑っても「うるさい」。息をしても「うるさい」と言い出す前に、『おとうさん』は二人を殴《なぐ》った。

最初は母親が出かけているときだった。『おとうさん』はあまり働かず、いつも家にいたから母親がいない時間はいくらでもあった。殴った日は急に穏やかになって、二人にお菓子を買ってくれたこともあったけれど、そのうち暴力は日常になった。

『おとうさん』が家に来たとき、三歳年下の弟はまだ幼児だった。手加減なしに殴ればすぐに壊れる。『おとうさん』も判っていたようで、穂積も弟を庇《かば》うものだから、捌《は》け口の大半は兄の穂積に向かった。

殴られる息子の姿を初めて目にしたとき、母親は悲鳴を上げた。でも、そのうち、足の爪に色を塗りながらの「あなた、やめてよ」に変わった。一段ずつ高さを上げていく跳び箱みたいに慣らされた母は、目の前でいくら穂積がぶたれても青あざを作っても顔色一つ変えなくなった。

毎日がそんな風に過ぎた。

そしてある年の夏の日、小学校に上がったばかりの弟が『おとうさん』の読んでいた新聞にジュースを零した。馬の名前の羅列に赤鉛筆で熱心に印をつけていた『おとうさん』は激怒し、弟であろうと手を上げた。

母は買い物に出ており、穂積が止めに入った。

家は古いアパートの一階で、庭と呼べるようなスペースがついていた。けれど、花や野菜を育てるような住人はおらず、荒れるがままの家がほとんどで、穂積の家では不用品置き場になっていた。

水が溜まって蚊の孵化場《ふかば》と化したタイヤや、どこかでもらってきて使われないでいる家具。処分されないままの古い冷蔵庫もあった。

四人家族に相応《ふさわ》しくない、冴えない緑の小さな冷蔵庫。ちょうど子供が一人収まるくらいの大きさで、男の目には都合よく映ったのだろう。

泣いて謝る弟の前で、穂積は大きな手で首を摑まれ、殺されると思った。

「おとうさんっ！」

穂積は思わずドアを内側から叩いて、声を上げた。その頃にはもう穂積は男を『おとうさん』とは呼ばなくなっていたのだけれど、咄嗟に出た言葉に男は冷蔵庫を蹴って返した。閉まりの緩くなった冷蔵庫を男が苛立《いらだ》ちのままにガムテープでぐるぐる巻きにする間、近くで弟が泣き叫んでいた。

「おとうさんやめてっ、おとうさんやめてよ！　兄ちゃん、死んじゃうよっ‼」

男がなんと応えたのか判らない。穂積はただやめてくれと願った。男にも弟にも。騒げば騒ぐほど、『おとうさん』の気が晴れる時間が遠退《とおの》くのを知っていた。

熱くて、苦しかった。身じろぎするのもやっとの庫内には、夏の熱気が発火しないのが不思議なほどにギュウギュウに籠もっていた。

時間の感覚が失われ、意識が遠退いた。ひび割れて破れた扉のパッキンの隙間から、僅かな日の光だけが覗いた。眩《まぶ》しい太陽が小さくギザギザに裂かれて光っているみたいに。

じりじり鳴いているのが、蝉なのか耳鳴りなのか判らない。弟の声がもう聞こえないのも、泣き止《や》んだのか、自分の意識が遠退いているからなのか。

なにも判らない。

ただ息遣いを聞いた。空気を求めて荒れる自分の息遣い。

穂積は小さく狭められた世界にただ一人で、怖くて苦しくて、でもそこからは誰も救ってくれないのだと思っていた。

目を開けたとき、小さな灯りが見えた。

よく見れば、それは一つではなく暗がりに浮かんだ瞬《またた》く無数の光だった。ぼんやり起こした目蓋《まぶた》の隙間から覗いたのは、夜空の星明かり。

頬を撫でるのは蒸し風呂の蒸気ではなく、山間の冷たく澄んだ空気だ。

ゆらゆら揺れている。穂積の体は小舟にでも乗せられたみたいに風もないのに上下に揺れていて、やがて舟が自分をおぶって歩く人の背中であるのを夢うつつで察した。

しがみついた身で感じる、淡い他人の体温。鼻腔《びこう》を擽《くすぐ》る白檀の香り。それから、静けさの中に響く草履の足音と歌声。

男が緩やかに口ずさむ歌は、懐かしいメロディだ。穂積も知っているが古い曲で、幾人もの歌手が歌っているので本来誰の歌であるのかよく判らない。抽象的でやや難解な歌詞の内容もおぼろげだけれど、たぶん別れを惜しむ恋人たちの歌なのだろう。

舟歌、鳥の歌、蘇州《そしゅう》の春。

——ああ、そうだ『蘇州夜曲』とかいう歌だ。

恋人たちの儚《はかな》い逢瀬を思わせるその歌は、この現実感の遠い時間に合っている気がした。

満天の星空は、昔夢見た天の川を思い出す。

子供の頃、穂積は山へ行った記憶がない。両親は子供を遠くまで遊びに連れて行くような親ではなかったし、キャンプなんてお金持ちが行くものだと思っていた。

夏休みが終わって二学期が始まると、久しぶりに会うクラスメイトから聞かされた夏の思い出。夢や憧れをろくに持たなかった穂積も、キャンプ場で見たという天の川の話には見てみたいと思った。

当時、穂積は天の川は山でのみ見られるものだと勘違いしていた。緑深い山々の上にだけ、キラキラ光る美しい星の川は現われ、流れるのだと——

星が近づく。

階段を上る草履の足音に合わせ、ふわりふわりと穂積の体は揺れ、星の光の中へと上って行く感じがした。

もっとよく見たいと思いながらも、目を閉じる。目を覚ませば、星空も歌声も脆《もろ》く消え去ってしまいそうで、摑んだ夢のしっぽを離すまいとでもするように眠りに身を委《ゆだ》ねた。

穂積が次に目を覚ましたのは、太陽のような眩《まばゆ》い光に覆われた部屋だった。

頰に冷たい感触を覚えた。

「……おい」

ひんやりと体温の低い手。長い指が辿るように頬に触れ、軽く包んで揺する。

「おい、大丈夫か？」

かけられた声よりも、その手の感触にはっとなって、穂積は目をぱちりと音のしそうな勢いで開いた。

「………朱川さん？」

のろのろと発した一声に、朱川は盛大な溜め息をつく。

「湯あたりを起こしたんだ。ただ眠ってるだけみたいだったから、とりあえずうちまで連れて帰ったんだけど」

「連れて……」

「かまくら蒸しから連絡があったんだよ。お宅の客が湯あたり起こして、引っ張り出したけど起きないって。誰か男手を頼むって言われたけど、今はみんな忙しい時間でね」

言われてみれば、蒸し湯の石窯から自分で出た記憶がない。起き上がろうとすると話に符合するように背中が鈍く痛んで、カウンターの双子のような従業員二人に慌てて引っ張り出されたのが判った。

そうだ。熱さと狭さにやられて――

慌てて片手をついてだるい身を起こした部屋は、畳の和室だ。滞在中のあけ川荘の部屋。

誰が着せたのか、服も借りた浴衣ではなく自分の服だった。ジーンズのボタンが外れっぱな

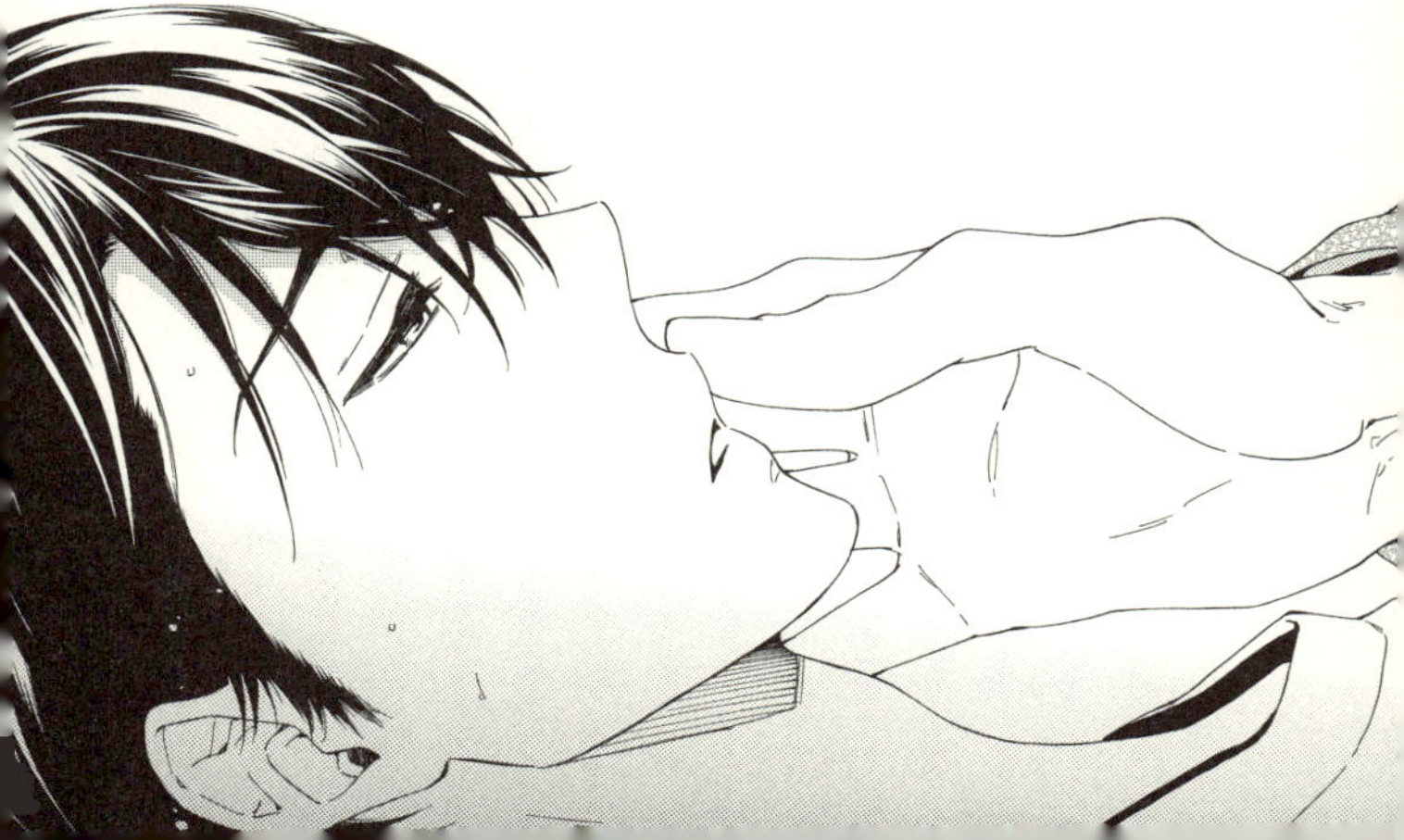

しのままのようなこともなく、丁寧に着せられている。

「すみません、なんか俺……」

気まずい思いの穂積は、詫《わ》びようとして朱川の胸元に目線を釘づけにした。

着物の合わせがひどく乱れている。きっと自分を運ぶのに苦労したのだろう。見てはいけないと思いながらも、開いた襟の間から覗いたタオルのようなものが気になる。捲れ上がった着物の袖から覗く、細身のわりに筋肉質な腕にもどきりとなった。

女の逞しさではない。

視線に冷ややかな声が注がれる。

「なに見てんだよ」

「え……あっ……」

「女のくせに胸がないとでも言うつもりか？　女が詰め物してちゃおかしいか？　はっ、とんだセクハラだな」

凄《すご》まれて思わず身を引かせながらも、穂積はいつものぼそりとした声で告げる。

「そんなこと、俺は言ってません」

淡々とした調子に、朱川のほうがバツの悪そうな顔になった。動じないはずのその眼差しが揺らぎ、無言で着物の乱れを整える。

「朱川さん、今日は男言葉なんですね」

穂積はせっかく鎮火しかけた火に油を注いでしまい、今度はしっかり睨《にら》まれた。

「女は男っぽく喋っちゃいけないって法律でもあるのか？　助けてもらっておきながら、随分な男女差別じゃないか」

今にも『訴えるぞ』と言わんばかりだ。けれど、指摘しながらも、穂積は朱川の口から出る男の言葉に違和感を覚えているわけではなかった。

むしろ自然に感じられて、これが普段の姿なのだろうとさえ思える。疲れて取り繕う気力がないのか、朱川はほつれた髪を撫でつけながら愚痴を零した。

「……ったく、男担いで歩いてるとこなんて見られたら、イメージダウンもいいところだ。ここまでくるのにどんだけ苦労したと思ってるんだ」

それは旅館の経営のことか、それとも朱川の女将としてのイメージを高めることか。

後者のような気がする。確かにいくら長身の女将とはいえ、着物姿で逞しく男を背負っていれば、頼もしさより驚きが勝る。穂積は男にしては華奢《きゃしゃ》だが、けして骨が浮くほど痩せているわけでもなく、筋肉もそれなりだ。

「すみません。あの、ご迷惑おかけして……」

ようやく頭もクリアになってきて、穂積は謝罪の言葉を告げる。自然と項垂《うなだ》れ、朱川は微《かす》かな溜め息をつきつつも言った。

「なんともないならよかったな」

ツンとしたいつもの澄まし声だが、その根底にあるのは不満でないのが判る。

朱川は立ち上がったかと思うと、部屋の隅の木製扉の棚に備えつけの冷蔵庫から、ペットボトルの水を手にして穂積の傍へ戻ってきた。

「湯あたりなら、飲んだほうがいいだろ」

「あっ、じゃあ後で代金を……」

「具合の悪い客から金をむしり取るほど、うちはひっ迫してない」

「あ、ありがとうございます」

差し出されたペットボトルを穂積が受け取ると、今度は開いた窓のほうへ向かう。少しでも清澄な空気を入れようと開けてくれていたに違いない。

黙って閉じる着物の背を、穂積は見つめた。本来の姿かもしれない気取りのない朱川は、態度は無愛想だけれど、けして冷たいわけではない。

ボトルの水色のキャップを開け、こくりと水を飲む。

沁《し》みるように美味しかった。

「……あの」

「なんだ？」

「さっき、歌を歌ってましたよね」

窓辺で振り返った朱川は、意識せずに歌っていたのか、一瞬不思議そうな顔をした。

「ああ……蘇州夜曲のことか。客のリクエストで覚えさせられたんだ。こんな仕事やってると、一曲歌えなんて言われるのも日常茶飯事でね」

「リクエスト……」

「そう。年寄りには、あんまり受けのいい歌でもないだろうに」

「そうなんですか？」

「戦争絡みで、一時は中国で禁歌扱いされていたような歌だからな」

「そんな歌詞の内容には思えませんけど」

「内容は関係ないんだよ、たぶん。どういう時期に、どんな背景で流行《はや》ったかってのが問題なわけで……」

「でも、すごくいい歌ですよね」

率直すぎる感想を穂積が口にすると、朱川は少し驚いた表情を見せた。

古い歌の成り立ちまで知りはしないけれど、無知を抜きにしても美しいメロディの歌だと思う。だからきっと、今も歌い継がれ、過去を知るお年寄りも朱川にリクエストしたのだろう。

「……ああ、そうだな」

応えて笑みを浮かべる。素で自分に笑いかけたりしそうになかった朱川の微笑みに、蒸し風呂を出て穏やかになったはずの心臓の鼓動が、うるさくなった気がした。

気に入ったのは曲だけじゃない。朱川の歌声だったのだと思いながらも、口にするのは憚《はばか》られた。どうしてだか判らないけれど。

穂積は間を埋めるように水を飲み、部屋を出て行ってしまうかに思えた朱川は、傍の座卓の手前に座り直した。様子を見守ってくれているのかもしれない。

穂積はペットボトルを傾けながら、暗い窓辺のほうを見ている横顔をちらちらと窺う。なんだか居心地が悪いのに、このままでいたい。

こんな感覚は初めてだ。

「あ、朱川さん、そういえば……以前、上京していたそうですね」

「え？」

詮索が目的ではなかったけれど、なにか喋らなければという気になって、穂積は話題を探した。

こんなとき、なにを話したらいいのか知らない。

「東京の大学に通ってたって、聞きました。取材でいろいろ……店を回ってるときに」

誰から聞いたとはさすがに言わなかった。大河原と伝えると話がややこしくなりそうだと黙ってしまうのは、万丈ホテルを訪ねたのを内心後ろめたく感じているからかもしれない。

「まぁ、女子大にね」

「えっ、女子大に通ってたんですか？」

朱川はぶっきらぼうな口調で、都内の大学の名前を告げる。

「なにか問題でも？　疑うなら調べればいい。もう昔過ぎて、東京でのことは大して覚えちゃいないけどね。東京っていうか、それ以外の場所のことも。帰ってきてから七年、茜谷から出てないから」

「えっ、七年間ずっと⁉」

大学以上に驚かされた。

軟禁されているわけでもあるまいし、一つの小さな町から出ないでいることなんてあり得るのだろうか。小さいと言っても、スーパーも銀行の出張所も一通り揃ってはいるけれど。

「ああ、そうだ、隣町の役所までは行った。片道五キロ。旅館は年中無休で忙しいし、幸い体は丈夫で大きな病院の世話になるような大病も患ってないしねぇ。湯あたりもしたことないし？」

だんだん朱川という人間が判ってきた。

結構な皮肉屋だ。

「お、俺だって普段は丈夫です。サウナだけは……ちょっとダメっていうか……」

「熱いの苦手なんだ？」

座卓に肘《ひじ》をかけた朱川が身を乗り出し、一方の手を伸ばしてきた。

ポンと軽く頭に触れられ、心臓を弾ませた穂積はびくんとなった。からかう意図があってか、慰めか。そう、判ってきた。皮肉屋のくせに、アンバランスに優しい。

反射的に仰《の》け反ってその手から逃げてしまい、『あっ』となる。

二人して顔を見合わせた。

「す、すみません」

「いや、こっちこそ……悪い」

なにが悪いのか、判っていなかった。

おそらく朱川も。ただ謝ってしまうのが妥当だという空気がそうさせた。穂積は視線を畳に落とし、朱川の手の感触がまだ残っている気がして、そろりと自ら指でやや硬い黒髪を梳《す》く。不快だったのではなく、辿りたかった。

風でも通ったかのように感じられる、冷たい指。目覚めたときに頰で覚えた感触はもう消えてしまっているけれど、記憶の中によく似た手なら存在する。

着物の膝上に戻された朱川の手は、長身に比例した大きな手で、指がすっと長くて綺麗だ。

穂積はぽつりぽつりと、言葉を漏らした。

「……確かに、熱いのは苦手かもしれません。昔、バイト中に熱中症で倒れたことがあるんで……もう、八年も前の話ですけど」

顔を起こすと、朱川もまたじっとこちらを見ていた。

「あの、東京にいた頃……俺に会ってませんか？」

「……さぁ、なんでだ？」

「さっき、起こしてもらったとき、知っている人の手に似てる気がしたんです。知ってるって言っても、顔を覚えてないんですけど」

目の前の化粧をした女将の姿をいくら見ても、記憶の中の面立《おもだ》ちは蘇《よみがえ》らない。

きっと、朱川が男のなりをしたところで思い出せないだろう。ずっと長い間、考えても考えても判らなかった顔だ。

「熱中症で倒れたとき、助けてくれた人です。スーツ姿で……たぶん会社員だったんじゃないかと。俺はその頃、工事現場でバイトをしていて、人手が足りなくてずっと働き通しでした。お金が欲しかったんでちょうどいいやって軽く考えてたんですけど、無茶をし過ぎたみたいで……具合悪くなってから反省しても遅いんですよね。その人が気づいて助けてくれなかったら、やばかったと思ってます。だから俺の命の恩人です」

こんなところで偶然再会するなんて、ありうるのか。

穂積自身、半信半疑だったにもかかわらず、目の前の顔は否定も肯定もしない。

急に妙な話を振られても驚く様子のない朱川に、本人であるという期待だけでなく、もしや気づいていたのではないかという思いまで膨らむ。

「八年も前のことだろう。今更、その命の恩人とやらを見つけたいのか？」

「ずっと気になってるんです。助けられて、その後話も少ししたのに、なんで俺……全然顔とか覚えてないんだろうって」

「普通じゃなかったんなら、しょうがないだろ。熱中症でぶっ倒れるくらい調子崩してんのに、初対面の男の顔なんていちいち覚えてられるか。相手のほうだって、もうさすがに覚えちゃいないんじゃないのか？　おまえの顔も、助けたこと自体も」

「でも……」

「何年も前に電車で席を譲った老人の顔を、覚えているか？」

惚《とぼ》けて言い包《くる》めようとしているのかと思ったけれど、正論だった。あんなに怒鳴ってばかりで存在感の大きかったバイト先の現場監督だって、もう覚えていない。

穂積は納得させられつつも、往生際悪く尋ねる。

「八年前、朱川さんも東京にいたんですよね？」

「女子大にね。スーツ姿で会社員のコスプレでもして、道端で可哀想なアルバイトを助けていたと？」

朱川は不意に居住まいを正したかと思うと言った。

「まぁどこかで擦れ違うことぐらいはあったかもしれませんね。でも東京は広いから」

急に普段の女将口調に戻ってしまい戸惑う。

「朱川さん……」

「もうあと二日ですね」

「え……」

「取材の期間です。どうです？　いい記事は書けそうですか？　昔ながらの温泉町ですけど、茜谷もいいところがあるでしょう？　ここには都会で失われがちな人情味も残ってますしね」

気になるのは過去よりも現実。そう言われている気がした。

突然の矛先に狼狽えつつも、穂積は応える。茜谷の住人たちの協力には素直に感謝していた。

「あ……はい、それはもう。朱川さんに話を通してもらったおかげで、みなさんにはいろいろと親切にもしていただきましたし」

「それはよかったです。なかなかね、味わい深い店もこの町には揃ってますから、魅力的に紹介してやってくださいな」

「わかってます。でも、あのっ……」

宙に浮かされた話を続ける間もなく、朱川は着物の裾を押さえてさっと立ち上がった。話は終わったとばかりに部屋を出て行きながら残されたのは、営業用の微笑みだけ。

「週末は満室の予定で、私はお構いできないかもしれませんけど、活気づいた茜谷が見られると思いますよ。では、失礼いたします」

たった一週間の滞在でも、街の景色は違って見えるものだなと思う。季節の移り変わりを感じる山々や、夕空を映したように色を変える川辺。そして絶え間なく上り続ける蒸気——それらを目にすることのなくなった都会の街が、急に息苦しく感じられる。

茜谷から東京へ戻った穂積は、翌週になってもまだ違和感が抜けないでいた。

朝の地下鉄の通勤ラッシュは、僅か先も人の頭で見えず、息苦しさとの戦いなのだからそれも当然か。頭一つひょいと抜け出すことのできない背丈の不便さを味わいつつ、人いきれの中でそっと溜め息をつく。

車内の中吊り広告を気休めに辿るも、書籍案内だったのがまずくて、ついつい仕事のことを考えてしまい気が休まらなかった。

電車を降りると流されるまま階段口に向かって駅を出る。光帆出版の入った雑居ビルは神保町にあり、駅からもそう遠くはなく便利だけれど、こげ茶のタイル張りの古くてやや陰気な感じのする建物だ。

「おう、穂積」

高速とは言い難いエレベーターを六階で降り、ガラス戸を押し開けて職場に入ると、入口近くの応接セットで煙草《たばこ》を吹かしていた編集長が声をかけてきた。社内は分煙だが、入口の状況からしてこれなのであまり意味がない。

「おはようございます」

「なんだ、朝から相変わらず冴えない奴だな」

「相変わらずは余計です」

「可愛げねぇなぁ、行き詰まってるみたいだから、美味《うま》い飯屋教えてもらったし昼は奢ってやろうと思ってたのに」

『びゅっふぇだ、びゅっふぇ』と編集長は還暦も遠い将来ではなくなったオヤジらしく、怪しげなイントネーションで言う。大方、取引先の女子社員か、懇意にしているキャバクラのお姉ちゃんにでも教えてもらったのだろう。

とはいえ、家賃の高い都内生活で、裕福とは言い難い身であるから食事をご馳走《ちそう》になれるのは正直ありがたい。

茜谷の記事について悩んでいるのも事実で、編集長の目敏《めざと》さには感心もするし尊敬もしていた。長年、『業界の隙間産業』などと言いながらも、ほかにはない刊行物で光帆出版を支えてきた功労者だけのことはある。

穂積はいつも出社は早いほうで、ほかにはまだ誰も来ていなかった。

「あ……」

机に向かいながら携帯電話を上着のポケットから取り出すと、小さな声を上げる。

「どうした～？」

「すみません、食事はまた今度にしてもらっても構いませんか?」

「なんだ、コレか?」

振り返ると磨りガラスのパーティションの向こうから、小指を立てた編集長の手がぬっと突き出していた。

いつの時代の人間だ。『びゅっふぇ』以上に呆《あき》れた穂積が沈黙したのを、べつの意味に取ったらしく、「ちょっとからかっただけじゃねぇかよ~」と煙草を吹かす顔が覗く。

「弟です。今出張でこっちに来てるらしくて……すみません」

「ふうん、ランチでも『すいーつ』でも行って来い行って来い。入稿時じゃなくてよかったな」

穂積にとって弟は特別な存在だ。しかし、入社時の面接でしか身の上話をしたことはなく、現状は『仕事で大阪にいる』としか伝えていないはずなのだけれど、どういうわけか理解を示されている。

とはいえ、忙しければ話は別だ。腫れ物に触れるような扱いは困るが、可能な範囲の容認はありがたかった。

昼まで茜谷の記事をまとめる作業に向かい、ほかの社員がランチに出るのに合わせて、穂積もビルを出た。

就職してすぐに大阪勤務になった弟の会社は、東京駅近くに本社を構えている。有楽町で待ち合わせ、ガード下でたまたま目についた食堂に入った。和食から洋食まで揃う昭和の匂いのする店で、ハイセンスとはほど遠いが腹を膨らませるのにはなんの支障もない。

テーブルについて、もっと店を考えればよかったかもしれないと思った。向かい合ったスーツ姿の弟には、場違いな感じがしたからだ。大学を卒業して入社二年目、社会人としてはまだまだ新米でも、穂積より長身でスーツもよく似合う。

口に出して褒めたことはないけれど。

「光希《こうき》、悪いな、わざわざ出て来させて」

穂積の小さな後悔に気づくはずもない弟は、早くも馴染んだ仕草でメニューを開き見ている。

「なに言ってんだよ。俺はちょっと歩いただけだろ、兄貴のほうが電車で来たくせして。そっちに行くって言ってるのにさぁ」

「いいんだよ、俺は。時間あったから」

「本当に？　いつも忙しそうじゃん」

「今は落ち着いてる。それより、なにか用があったんじゃないのか？」

「いや、せっかくこっち戻ったから声かけただけで、用ってほどでもないんだけど……」

用はないと言いながらも、どこかそわそわしている。視線を泳がせる様子が気になって追及すると、店員に注文を終えた後、弟はスマートフォンを取り出して見せた。

画面に表示された写真は、大阪でできたという彼女だ。凶報ではなく吉報だった。

「へぇ、可愛い子じゃないか」

「本当にそう思ってんの？　兄貴、女にあんま興味ないもんなぁ」

素直に褒めたつもりが疑われる。しかし、自慢の彼女には違いないらしく、気をよくした弟は声を弾ませた。

「今日は仕事で来てるから無理だったけど、そのうち連れてくるよ。彼女も兄貴に会いたいって言ってるから」

「なんで？」

「ああ、でも……そういうのはもっと先でいいだろ。あんまり彼女に俺の話するなよ」

「俺とおまえは違うんだからさ」

「なにが違うんだよ」

光希は眉を顰《ひそ》め、穂積は矛先をずらした。

「親がいないからって、いい年して兄貴兄貴言ってたら彼女も引くだろ。結婚でも決めたならともかく、普通はまだ紹介しようとしたりしないんじゃないのか」

至って一般的な反応について語ったつもりだけれど、不服そうだ。

「それより、どこで出会ったんだ？　教えてくれよ」

穂積はさりげなく話を逸《そ》らした。

弟が語り出した彼女との馴《な》れ初《そ》めやらを聞くうちに、注文した料理もやってきて食べ始める。共にハヤシライス風のソースのかかったオムライスを頼んでいたが、光希はそれだけではもの足りないらしく、エビフライとのセットだ。

「洋食、久しぶりだな」

卵の丘にスプーンを入れながら言う穂積を、弟はエビフライを頬張りながら見る。

「兄貴、いつもちゃんと食ってるのか？」

「食べてるよ。しばらく取材で旅館にいたから、朝晩食べ過ぎて太ったくらいだ」

「そうか？　ならいいけど、なんかまた細くなったんじゃないかって気がして」

「今更大きくはなれないだろ。もう二十六だぞ」

「べ、べつに小さいとは言ってないのに」

慌てて弁解する光希に、穂積は苦笑した。自分が遠く離れた場所で暮らす弟の生活が気がかりなように、弟もまた自分を心配してくれているのだろう。

穂積の考えを肯定するように、光希は言った。

「いつも無理してるから心配なんだよなぁ。兄貴、真面目《まじめ》すぎるし、融通利かないとこもあるから……」

「そうだな、頭が固い自覚は一応ある。悪かったよ」

「兄貴？」

よもやあっさり認めるとは思っていなかったのか。

弟は不思議そうな顔をした。穂積は大きな銀のスプーンを動かす手を止める。

「いや、昔も俺のくだらない意地で、おまえの将来を変えてしまうところだったと思ってな」

「なに、また進学のこと？　今、そんな話してないのに……だいたい俺、一度もそんな風に思ったことはないよ」

「うん、判ってる。けど、思うんだよ。今考えたらさ、ガキがなに意地になってたんだろうって。中卒の未成年が、なんで自分一人の力でどうにかできるなんて思い込んでたんだろうってな」

十八歳の青かった自分を、ふと振り返る度にそう思う。

朝から晩まで働いて、弟の大学への進学費用を稼ごうとしていた。誰も頼りたくなかったのは、兄弟揃って引き取ってくれた親戚に対しての遠慮があったからだけれど、穂積にはそれ以外に贖罪《しょくざい》の思いもあった。

両親に対してだ。

中学に上がってすぐ、車の事故で二人が死んだとき、穂積は泣かなかった。それどころか、どこか心の隅でホッとした気がしてならなかった。

これで解放される。どんな生活でもマシになると。

実際そうなった。生活は一変した。親戚夫婦は穏やかな心根の優しい人たちで、授からなかった我が子の代わりのように兄弟共に手厚く育ててくれた。皮肉にも、そうして穏やかな日常に馴染むうち、穂積は負い目を感じるようになった。

義父《ちち》はともかく、実の母親の死さえ哀《かな》しまなかった自分。心は凍りついて動かず、あの頃の穂積は重たい鎧《よろい》でも着たように無感覚で、感情は死んでいた。

「そんなの、最初から甘えまくってたら、正一叔父《しょういちおじ》さんや厚子叔母《あつこおば》さんだってよくしてくれたかどうか判らないよ？　兄貴が頑張ってたから、手を差し伸べようとしてくれたんじゃないかな」

単なる責任感の問題でいつまでも気に病んでいると信じ込んでいる光希は、面倒見のよい兄を宥める。

穂積は小さく苦笑した。

「おまえも一人前に俺を慰めるようになったんだな」

「どういう意味だよ？」

「悪い、成長したよなぁとつい思って。それに……確かに、そういう考え方もできるかもな」

「ガキ扱いだなぁ。だいたい兄貴もいつまでも意地張ってたわけじゃないだろ～？　途中からは、俺が援助受けるのも賛成したし、自分だって高校行ったじゃないか」

光希はそう言って、ボリュームのあるエビフライを三口で片づける。穂積は止めていたスプーンの動きを再開させつつ、黄金色《こがねいろ》にライスを包んだ卵に視線を落としてぽつりと応えた。

「それは……俺が決めたわけじゃないよ」

「え？」

「あ、いや、決めたのは俺だけど、自分だけじゃ素直にそうしようとは思えなかったって言うか……正直、考えもしなかった」

崩れそうになるオムライスをスプーンで掬《すく》い上げながら打ち明ける。

「助言をくれた人がいたんだ」

「へぇ、初耳」

「誰にも話してないからな」

「叔父さんにも叔母さんにも？　なにそれ、もしかして女か？」

「なんでそうなるんだよ」

突飛としか思えない発想だったが、弟にとってはそうではなかったらしい。

「なんだ、違うのか。兄貴の反応がいつもと違うからてっきり……貴重な女っ気はやっぱりなしか」

『兄貴も彼女くらい作ればいいのに』なんて、恋愛話になると先輩風を吹かす弟に、穂積は少し苦笑いしつつ、オムライスを食べ続けた。

昔、自分をアスファルトの上からだけでなく、諦めの境地から救い出してくれたのは、女性ではない。男だった。

弟と別れた穂積は、来た道を戻り地下鉄の駅へと向かいながら思った。

たった一週間前のことは遠い昔のようだ。そのくせ、記憶の断片のいくつかは心に刺さっていて、昨日のことのように生々しく蘇る。

頭上で揺れていた星明かり。懐かしいメロディを辿る歌声。朱川の背中の微かな体温と、そして頬に触れたあの冷たい指の感触。

朱川は自分の言葉を否定しなかった。朱川があの男かもしれないという思いは東京へ戻って薄らぐどころか、日に日に増している。まるでグラスの中の砂糖水が蒸発して、どんどん濃度を上げていくみたいに。濃くなっていくと同時に、穂積に焦燥感を抱かせる。

たとえ彼だったとしても、自分はどうしたいのか。改めて礼でも言いたいのか。

あの夏の日、自分を助けてくれたこと。

自分の人生を変えてくれたこと——

『ありがとうございました』なんて言っても、朱川は知らん顔をするだろう。万に一つ受け入れてくれる可能性があったとして、それでなにが起こるだろう。

ささやかな自己満足。そして、終わり。

なにもかもがすっきり身辺整理でもしたかのように片づいて、ずっともどかしく抱えていた思いに終止符が打たれてしまうようで、考えると穂積はぞっとした。

今更もう一度会えることがあるなんて、想像もしていなかったから、そのあとなにが起こるかを考えていなかった。自分がどうしたいのかも。

駆け出したいほどに膨らむ、行き場のない焦燥感。現実の穂積は、ただいつものようにぼんやりとした眼差しで前を見据えるだけだ。

電車が来ようとしているのか、実際に地下鉄の構内を駆け抜けて行くスーツの会社員の後ろ姿を、見るともなしに目で追う。弟と別れて一人歩く駅は、昼間なのにまるで夜のような感覚だ。

人工的な光に照らされたホームに下りると、穂積は適当な場所で足を止め、そして前を向く。

瞬間、はっとなった。

暗い線路を二つ挟んだ向こうに人がいる。向かいのホームに立つ長い髪の女。ベージュのトレンチコートの肩に一纏めにした髪を下ろした女は、真っ直ぐにこちらを見ており、その顔は今まさに思い続けていた顔を映し込んだかのようだ。

「朱川さん……」

朱川が自分を追ってでも来たのかと、一瞬思った。

しかし、女はまるで空でも撫でるかのようにすっと視線を逸らし、ホームの端を見る。

暗いトンネルの奥から、レールの激しく軋《きし》む音と共に光が迫る。向かいのホームの人々の意識は到着する電車に集まり、瞬く間に視界は鉄の車両の壁に阻まれた。

「あ……」

穂積は咄嗟に今来たばかりの階段に戻ろうとして、間に合うはずもないことを悟った。

「朱川さんっ！」

思わず叫んだ。

人の流れに押されて窓際に立ったトレンチコートの女が、電車の中からこちらを見る。聞こえるはずもない声を察したかのように。そのくせ、窓越しの雨でも見るみたいな他人事の眼差しで。

熱のない眼差しは、発車した電車の動きに合わせて穂積の顔を素通りにし、後に残された穂積は途方にくれたようにその場に立ち尽くす。

なにが起こったのか理解できなかった。

——今の、なんだ。

呆然《ぼうぜん》と電車の走り去った暗い穴を見つめていると、ズボンのポケットに振動を感じた。携帯電話のバイブレーションに身を打たれてびくりとなる。取り出しながら確認した着信は、会社にいるはずの編集長からだった。

『おう、穂積か？』

耳に押し当てる前から判っていたにもかかわらず、反応にまごつく。

「え、あ……はい」

『悪いが、帰りに煙草買ってきてくれるか。今みんな出払って、俺が留守番でなぁ。植田の奴、印刷所から電話が入るかもしれないからヨロシクだと。俺を電話番に使うとはよ、まったく』

ぼやく男の声は遠く感じられた。穂積の耳にはまともに入っておらず、ただ電車の窓辺に見た女の顔だけが頭を支配する。

『穂積？』

「あ、はい、聞いてます」

『おまえ、何時頃戻る？　べつに急がんでもいいけど……穂積？　おい？』

二度呼びかけを繰り返されて、ようやく我に返った。

「あのっ、俺、戻ってもいいですか？」

電話へ向かって前のめりになりながら、穂積は尋ねた。電話越しの姿は見えずとも、突然らしくもなく興奮したように言う部下に、返ってくるのは怪訝な反応だ。

『はぁ？　だから、さっきからいつ戻るんだって訊いて……』

「茜谷に戻りたいんです。もう一度、行かせてもらえませんか！」

電話の向こうで編集長は絶句し、見つめるトンネルの反対側からは、穂積のいるホームへと入ってくる電車の明かりがチラつき始めた。

一度会社に戻り、雑務をすませた穂積が出たのは夕方近くになってからだった。編集長の許可はどうにかもぎとったものの、茜谷への到着は夜も更けた時刻になった。

都会よりもずっと明かりの少ない町。降りたバス停に人影はなく、早くも最終であるバスが走り去ってしまえば、途端に辺りは寂しい景色になる。町の目印のように上がる湯煙も夜の帳《とばり》に溶け込んでいて確認できず、ただただ人気《ひとけ》のない夜道が延びていた。

穂積は臆することなく、点在する街灯を頼りに目的地へと向かった。早く辿り着きたいという気持ちだけが急《せ》いた。

生まれ育ったわけでもない、一週間ほど滞在しただけの町が帰省でもしたかのように身に馴染む。茜谷の中心部に入ると、浴衣に茶羽織姿の宿泊客がうろつく姿も見受けられ、下駄履きの足音がカラコロと響く温泉町らしい光景が目に飛び込んできた。

食堂や飲み屋の看板もぽつぽつと灯った通りを歩き、石畳の道から石の階段へ。橙色《だいだいいろ》の灯りがふわりと幻のように輝く旅館を目指す。あともう少しで茅葺きの門に辿り着くというところで人影が見えた。

門を潜《くぐ》って出てきたのは、スーツ姿の数人の男性客と着物姿の長身の女将だ。

「ありがとうございました。またどうぞいらしてくださいませ」

食事だけの立ち寄り客だろうか。時刻はちょうど夕食を終えて帰る頃合いだ。まとめ髪の頭を下げて老舗旅館の女将が見送れば、男たちは機嫌もよさげに手を振って駐車場のほうへと消えた。

最後に見たときとなにも変わらない。

朱川の姿も、その立ち居振る舞いも。ずっと変わらずここにいて、ずっと旅館を守り続け——東京などへ出ていたはずもないと、一日で確信させられる姿。

変わらぬ朱川に、安堵感と小さな落胆を覚えた。当たり前だ。朱川が自分を追いかけて、東京まで来たりするはずがない。

駅で見た、あの面差しのよく似た女性は誰だったのか。

いや、違う。そうじゃない。

今自分の前に存在している美しい女性のなりをした男と思しき人物こそ、一体誰であるのか。

朱川千晶——本当の名であるはずがない。

踵《きびす》を返して中へ戻ろうとした朱川が、草履の足を止める。

ふっと目が合った。澄まし顔でやり過ごすかと思えた男は、予想に反して切れ長のその眸を大きく瞠らせる。

「なにか、お忘れものでも？」

呆然となるままに発したかに思える男の声に、残った階段を上り切った穂積は少し息を切らしながら言った。

「部屋、空いてますか？　やっぱりもうしばらく滞在したいんです」

咄嗟に出た言葉だった。

驚きに見開いた目を、朱川は今度はすっと細める。

「お部屋はありますけど……すみません、これ以上取材のためのご用意はできかねますので」

以前のような厚遇はもうできないということだろう。一週間も無銭で世話になったこと自体、普通ではなかった。

苦笑を浮かべる朱川に、穂積の見上げる眼差しは変わらなかった。咄嗟だろうと、一度出した言葉を引っ込めるつもりはない。

それが自分の望みだからだ。

「構いません」

「え……」

「部屋はあるんですね？　だったら、お金を払えばまた泊まらせてもらえますよね？　宿代なら、俺が自分で払いますから！」

昼飯代も節約を考える身に、あけ川荘は分不相応すぎるが、迷わなかった。穂積は負けじと挑みかかるような目で、朱川を見つめた。

「俺、もっとちゃんと知りたいんです。あなたのこと」

「あらあら、ナンパならお断りですよ」

「からかわないでください。判ってるんでしょう？　俺は諦めませんから。本当のあなたが知りたいんです。何故、ここにこうしているのかも、俺があの日出会ったのが誰であったのかも！」

朱川は静かに一度瞬《まばた》きをしただけだった。

素気《すげ》なく背を向けて歩き出しながら呟く。

「物好きなお客さんだこと」


『あのなぁ、俺は行ってもいいとは言ったが、長期取材なんて認めてないぞ』

世の中には、お金で解決することと、そうでないことがある。自腹を切ってあけ川荘へ泊まれることになったものの、それ以前の根本的な問題があった。

仕事だ。

『バカモン、一泊で十分だろうが。早く帰ってこい！』

どこぞの国民的アニメの家長のようなカミナリを落とす編集長の電話を、穂積は公園の足湯のベンチで受けた。天頂から早くも傾き始めた午後の太陽が、落ち葉の浮かぶ足湯を穏やかに輝かせている。

「すみません、編集長。でも、もう少し調べたいことがあるんです」

懇願するも、もちろん理由なしに通るはずがない。

『俺が納得いく理由か?』

「ここにはその、まだ……なにか秘密があるんです」

『秘密だ〜? なんだ? 埋蔵金でも眠ってんのか?』

茶化したような男の反応にも、大真面目に応える。

「埋蔵金はないと思いますけど、たぶんこの温泉町を語るには外せない問題です。このままじゃ書けません。大正ロマンの宿や、昭和レトロな土産物屋案内じゃよそのガイド本とたいして変わらないじゃないですか。願い事が叶う地蔵なんて、うちの会社のビルの壁よりピカピカですよ!」

『願い事が叶う地蔵?』

「茜谷の公園にあるんです。湯かけ地蔵。眉唾ものですけど」

『ふうん……しかし、珍しいな。おまえがそんなにやる気出すなんて。言われた以上の仕事はやらないもんだと俺は思ってたが』

どんな仕事も、よほどのことでない限り文句も言わずに引き受ける穂積だが、自分から積極的に提案をすることはない。受け身はバイト時代と変わらず、ようは無能じゃないかと自分を評することもあったけれど、前のめりになるほど関心を抱けないものはどうしようもなかった。

「業務に支障がないなら、もう少しいさせてください。なんなら有休を充てってもいいですから……」

『アホか、うちはブラック会社だ。有給休暇なんて使わせるか』

笑えない。とても冗談とは思えない声音だ。労働基準法違反もいいところの宣言を高らかにしたかと思えば、編集長は言った。

『どうしても茜谷にいるってんなら、仕事して来い、仕事。ちゃんとネタを掘り出して来い。「たぶん」や「きっと」じゃ、埋蔵金は記事にできねぇぞ！』

どこで電話をしているのか知らないけれど、穂積が想像したのはいつもの応接間で咥《くわ》え煙草で笑う食えないオヤジの姿だ。

なんとか滞在をもぎ取り、電話を切ると安堵しつつも溜め息を覚える。

「……まいったな」

個人的に知りたいだけでなく、朱川の秘密は湯の町に関わると直感しているものの、これ以上調べる手立てがない。朱川はあのとおりだし、取材はもう方々すませていてどん詰まりもいいところだ。

「簗山さんなら知ってますよね、朱川千晶さんのこと。小さな頃から」

穂積はぼそりと呟くように尋ねた。

足湯のベンチの隣には、いつもの饅頭屋の隠居老人、玉二郎がいた。相変わらず知らん顔だが、湯がちゃぷんと音を立てる。穂積が背を向けて座った足湯に、もうふやけるのではないかと思うほど長い間足を突っ込んでいる。

「どんな子供でしたか？　みなさん、明るくて活発な女の子だったたって言うんですけど……」

「あっ、いたいた！　おじっ……玉二郎さん！」

突然、藁《わら》にも縋る思いの問いかけを遮ったのは、石畳を小走りにやって来るエプロン姿の多恵だ。もう十一月も半ばで風も冷たくなってきており、事務員のような臙脂のジャンパーを羽織っている。

「昼ご飯には帰って来てってお願いしてるのに、まぁたこんなとこで油売って……」

「まだわしは帰らん」

「もう、子供みたいなこと言わないでくださいよ。お店空けて迎えに来てるんですから」

「知らん、頼んでない」

「タマさん！　もうっ、早く靴を履いてください、帰りますよ」

家でもこの調子なのだろうか。ここには遊具はないが、公園で『まだ遊ぶ』と駄々を捏《こ》ねる子供と手を焼く母親のようだ。強引にでも連れ帰ろうとする多恵は、毎度振り回されてさすがに苛立った様子だ。

穂積はふと思い当たった。

「煎餅《せんべい》じゃないですか」

「え?」

「おじ……玉二郎さん、前も昼にあの店の煎餅をここで食べてたんです。買ってるわけじゃなさそうだったんですけど」

公園が面した小さな四つ角には、対角に商店がある。土産物の小物なども店先で売っている煎餅屋だ。毎日手焼きで作っており、風向きによっては独特のたまり醬油《じょうゆ》の香りがこちらまで漂ってくる。

女主人が公園まで来て、玉二郎に煎餅の袋を手渡しているのを、穂積は二度見かけた。どうも店には出さない割れた煎餅をもらっているらしく、見るからに玉二郎が上機嫌だったので覚えている。

「おう、来た来た!」

噂をすればなんとやら。店から姿を現わした女主人に、玉二郎はどてらからにょきっと伸ばした手を振る。

「玉二郎さん、ごめんなさいね。今日は遅くなってしまって……」

駆け寄ってきた黒い前掛けの婦人は、多恵に気づいてちょっと気まずそうな表情を見せ、軽く頭を下げた。

「おじ……玉二郎さんが、千木《せんぼく》さんのところでお煎餅をもらっていたなんて。前は犬猿の仲で、あそこの煎餅は食えたもんじゃないとか散々文句を言ってたのに」

店に戻った饅頭屋の多恵は、どうにも納得できない様子でぼやきながら、店の飲食用の丸テーブルについた玉二郎と穂積にそれぞれお茶を出す。愛用らしきどっしりとした黒釉《こくゆう》の湯飲みを受け取る玉二郎は、無言で割れ煎餅の袋を差し出し、『食え』とばかりにぐいぐいとエプロンの胸元に押しつけた。

多恵は気が進まない顔だ。『余りものですから』と女主人は話していたが、毎日のようにタダでもらっていたと知って、嫁としては恥ずかしいやら複雑な心境なのかもしれない。

けれど、小さく割った煎餅を頬張った途端、『あら』と表情を変えた。

「美味しい。前はこんなじゃなかったような……」

「腕を上げたんだろう。うちもうかうかしてられないな」

店の奥の作業場へ続く間口から、跡継ぎの孫息子が顔を覗かせ、穂積に蒸したての饅頭を出してくれた。互いに口数は少ない者同士、短いやり取りで息子はまた引っ込む。

「すみません、ご馳走になってしまって」

「いいんですよ。あっ、おじいちゃん、たくさんいただいたからってお煎餅そんなに食べないでください。まだ、お昼ご飯も……」

玉二郎と目が合った多恵は、『あっ』という表情になる。

「今わしを『じいちゃん』と呼んだな？」

「い、いえそんなっ……」

「言ったじゃろ！　年寄り扱いしくさって」

どうやら踏みしめたのは地雷だ。ヘソを曲げた玉二郎は煎餅の袋を手に立ち上がり、むすりとした顔で奥に歩き去ってしまった。

後に残された多恵は、『はぁ』と盛大な溜め息を漏らす。

「大変ですね」

「ただの我儘《わがまま》ですよ。いつものことです」

柚子の風味が温泉の湯気のようにふんわりと香る饅頭を食べながら、穂積はさりげなく話を振った。

「それでこないだのアルバムなんですけど」

もう一度見たくて寄らせてもらったのだ。「ちょっと待ってください」と多恵は言い残し、二階に上がってアルバムを取ってきた。

「西谷の歴史に関わる写真なんてあったかしら。古いったって、信也《しんや》さんが生まれたときからだから三十年くらい前までだし、ただの家族写真ばかりで」

見たかったのは今回も朱川の写真だったが、あまり朱川にばかり拘るのも不自然だろうと、誤魔化《ごまか》した。

朱川家のアルバムではないので、枚数も限られる。写真の少女と現在の朱川の違和感と言えば、屈託のない笑顔くらいか。朱川はこんな風には笑わない。愛想がいいのは上辺の営業スマイルで、どうも中身は皮肉屋で屈折した人間であると、穂積は判り始めていた。単に自分のことが気に入らないだけかもしれないけれど。

「あ……」

夏祭りの写真を見ていた穂積は、ふと気づいた。

「この子ももしかして一緒だったんですか？」

朱川と多恵とご主人、それから同級生二人。

夏祭りにはてっきりその小学生五人組で行ったのかと思って見ていたけれど、写真にもう一人、共通して写っている子供がいる。しっかりとカメラ目線で集まっている五人に対し、隅で姿が切れていたり、そっぽを向いて写り込んでいるから、一員だとは思わなかった。

しかも、狐《きつね》の面を被っていて顔がよく判らない。プラスチックの白い狐の面。頭に載せているだけだけれど、地面を見下ろす子供は深く顔を俯けていて、お面だけがちょうどこちらを向いている具合だ。みんなと同じくリンゴ飴も握っているのに、無理矢理持たされたかのように手をだらりと下げ、祭りを楽しんでいる様子がない。

顔は見えないが服装からして少年のようだ。

周りの子供と比べ、背は高くない。

「多恵さん、この子は……」

返事がないので、多恵のほうを仰ぐとやや顎《あご》周りのふっくらとした白い顔は、表情を強張らせていた。

「……さぁ」

「さぁって……友達じゃなかったんですか？」

「友達なんかじゃありませんよ。近所の子が紛れて写ったんじゃないかしら」

「近所って……」

同じ茜谷なら、身内も同然ではないのか。この町の小中学校は廃校を危ぶむほどではないけれど、生徒数は多くない。きっと二十年前だって大して変わらなかったはずだ。

「多恵さん、本当に知らないんですか？」

追及を阻むかのように、店の奥でなにか物の割れた音が聞こえた。

「おじっ、玉二郎さん！」

多恵はこれ幸いとばかりに声を上げ、急いで奥へと駆け込んで行ってしまった。

湯の月堂を後にした穂積は、川沿いの道を歩く途中、橋の上で足を止めた。

川の水面《みなも》はせせらぎに煌《きら》めき、どこからか運ばれてきた真紅の紅葉《もみじ》がいくつも流れていく。

穂積はそれらに目をくれることもなく、ジーンズのポケットから携帯電話を取り出した。

多恵には話をうやむやにされてしまったけれど、得るものはあった。中身を確認しようと携帯を操作する穂積は、不意に声をかけられて心臓を弾ませる。

「なんだ、あんたまだいたのか〜」

聞き覚えのあるしゃがれ声に、橋の下を覗き込んでみれば万丈ホテルの大河原だ。川縁の遊歩道で煙草を吸う男はこちらを仰ぐと手を振ってきた。穂積は、まずい人物に出くわしてしまったと微妙な気分になる。

「いえ、ちょっと……取材に足りないところがあって、もう一度寄らせてもらったんですけど」

「ふうん、ならちょうどよかった。見せたいものがあるんだ」

会話が嚙《か》み合っていない気がするも、大河原はここぞとばかりに勇んで近づいて来る。急ぐ用があるわけでもなく、見せたいものとやらを見るくらい構わなかったけれど、それには大河原のホテルへ行くしかないらしい。

まさかまた悪趣味な内装でも見せられるのかと思いつつ訪ねた。予想は半分当たっていて、半分違った。

ホテルのロビーに入ってすぐ、巨大な対の陶磁器の壺《つぼ》の間に先日訪ねた際にはなかったものがある。

「やっと仕上がって来たんだわ」

ガラスのショーケースに入れて置かれたものは模型だ。S字のカーブを描いた高さのある橋のようなものが、池の中央を過っている。ガラスケースの端から端まで。そう長さはなく、ただの橋にしか見えないものの、穂積はもしやと思って口にした。

「万里の長城ですか」

「そうそう」

「これがどうかしたんですか？」

「風呂だよ。駐車場の一部を壊して新しい大浴場を作る予定でね、春までに完成させようと思ってる」

「えっ？　完成って、これを実際に作るんですか？」

池ではなく浴場だったことにも驚きだが、実現させるつもりでいるのにはもっと驚いた。

「そうだよ？　アホだな、模型だけ作っても意味ないだろう。新しい大浴場は風呂に橋を渡すんだ。上から眺めるもよし、下で湯に浸かって仰ぐもよし」

洞窟風呂だの竜宮城風呂だの、全国にはまるでアトラクションと化した個性的な温泉施設が数あるが、それを茜谷でもやってしまおうという大河原のセンスと行動力にはびっくりだ。

呆気《あっけ》に取られて絶句する穂積に、上機嫌の男はなにを思ったか言い改める。

「ああ、すまんすまん。万里の長城は橋じゃなくて城壁だったなぁ！」

いや、驚いたのはそこじゃない。

「朱川の女将には内緒にしておいてくれよ？　うちのホテルん中でやることを、いちいち難癖つけられたら敵わんからな。ああ、それとあんたんとこで出す本には、しっかり書いておいてくれな？　完成が間に合わないのは残念なんだが」

秘密にしたいが宣伝もしたいとは、虫がよすぎるというものだ。

「前にも言いましたけど、出させていただく本はそういった趣旨ではありませんから……」

「朱川んとこは宣伝して、俺のとこはできないっていうのかっ⁉」

「朱川さんのところも、宣伝はしません」

悪く書くつもりはないが、提灯《ちょうちん》記事にするつもりもない。結果的に泊まってみたいと思うかどうかは読者次第で、露骨な宣伝など論外だ。

穂積のきっぱりとした返事に、大河原は不思議そうな顔になった。

「ん？　だったらおまえ、なんで朱川んとこに泊まってるんだ？　つか、なにしに来てるんだ？」

今更判らなくなったとでもいうように、顔に疑問符を躍らせている。大河原にはきっと光帆出版の発行物は永遠に理解不能に違いない。古いものはただのくたびれたもの、ひなびた温泉郷は時代遅れだ。

納得してもらえそうもなくて話を逸らしたくなったわけではないけれど、穂積は思い出してジーンズのポケットを探った。

「そうだ、よかったらこれを見てもらえませんか」

取り出したのは携帯電話だ。多恵にははぐらかされてしまったものの、彼女が奥へと引っ込んだ隙に、穂積はアルバムの夏祭りの写真をこっそり携帯で撮らせてもらった。

慌てて撮ったので、反射で余計な光が入ってしまっているが、十分に人物は確認できる。

「なんだ、千晶の子供の頃の写真か。ベッピンでこの頃は可愛かったよなぁ」

画面を覗き込んだ大河原は、日頃憎まれ口を叩いているくせして、幼い朱川にはデレデレと頬を緩ませた表情だ。

「お、こっちは饅頭屋の多恵だな。これが旦那の信也。ああ、こっちは孝行《たかゆき》だ。かね屋旅館の跡継ぎ息子だったんだが、親父さんが一昨年旅館を畳んでしまってなぁ。それと、茜谷ギャラリーの……」

「こっちは誰ですか？」

「ん？」

穂積の指差した画像の端を、大河原は覗き込む。狐の面を被った少年の姿。誰かと問われても、顔も写っていないのに大河原に判るはずもないと思いつつ、念のために尋ねてみればあっさり答えが返る。

「ああ、朱川のぼんくら息子だろうな、これは」

「えっ？」

「千晶の弟だよ、双子の。滅多に見かけんかったけどな。家に引き籠もってばかりで、学校にもよう行かんで……なんでそんなことを？」

光帆出版の作る本の内容と同じく、意味が判らないという顔をしている。

穂積はただ驚いた。千晶とは別人でありながら似ている朱川が、なんらかの事情で女将をやっているのならば、血縁者の可能性はある。けれど、写真を見ても双子だとは思わなかった。

顔が見えないからでなく、キツネ面の少年は千晶よりもずっと小柄で細い。

「とにかく、よくわからん変なガキだ」

大河原の口ぶりは、まるで今も千晶の弟が子供のままであるかのようだ。

千晶と同じ年齢であるはずなのに、時が止まったかのように――

「大河原さん、会ってないんですか？」

「高校生のとき、何度か見かけたっきりかなぁ。目が合ってもニコリともしない、陰気で可愛げのないガキよ。東京で就職したって聞いたけど、それっきり」

「東京……」

千晶と同じだ。

「いつですか?」

「いつって、だから高校卒業してすぐだって。千晶が今三十のはずだから……もう十二年も前になるか。早いなぁ、時間が経つのは」

年寄り臭い感慨に耽《ふけ》ろうとする男には目もくれず、頭の中で忙《せわ》しなく計算した。

「十二年……じゃあ、俺が十八のときには……それからずっと東京なんですか?」

「さぁなぁ、行ったと聞いただけで、そっからはどうしたか……茜谷に帰ってないのは確かだけどな」

「確かですか? ずっと会ってなかったなら、弟さんの姿が変わっていたら気づきませんよね?」

「変わるって……この辺じゃ就職口も限られてるし、帰ってたらどっからか俺の耳に入ってくるさ。ていうか、おまえどうして朱川の息子のことなんて知りたがってんだ?」

「え……」

言われて初めて、自分の追及の不自然さに気づく。いつの間にか縮めてしまっていた距離も、上半身を引かせて慌てて元に戻した。

「あ、あけ川荘の取材の一環としてです。ただの」

「家族の問題なんて知ってどうすんだ？　しかも、もう茜谷にいねぇ弟だってのに……あけ川荘に帰って来てるってんならともかく……」

「まさか。ただちょっと知っておきたかっただけです。本当に」

念を押すように言う。普段はあまり得意ではない愛想笑いまで浮かべる穂積に、大河原がまだ疑いの眼差しで見ているのを感じた。

これ以上訊くのもまずいし、長居もしないほうがいい。『では、僕はそろそろ』とぎこちなく退散を始める。幸い引き留められることもなく、スムーズにホテルを出て行けそうだったと言うのに、ふっと一つの疑問が頭に浮かんだ。

芽生えた途端に、どうしてもその問いを口にしてしまわずにはいられなくなった。

「大河原さん」

穂積はロビーの赤絨毯《あかじゅうたん》の上で足を止めた。見送ることもなく奥へと歩き去ろうとしていた男を、わざわざ呼び止める。

「ああ？」

「あの、名前なんていうんですか？」

「名前？」

「その双子の弟さんの名前です」

男は怪訝な顔をしつつ答えた。

「千瑞《ちず》だよ」

――千瑞。

穂積は心の中で、手に入れたその二文字を宝物を愛《め》でるかのように思った。何度も繰り返すうちに、初めて知る名は甘い飴玉が丸く滑《なめ》らかになるように心に馴染む。

あまり男性的な名前ではない。やはり女系家族に生まれたからだろうか。

千瑞。その名の弟が八年前に東京にいたと聞き、ますますあの日会った彼である可能性も高まった。大河原のホテルを出た穂積は、知り得た事実に激しく興奮しつつ、周囲に目をくれることもなく歩く。

橋を渡り川沿いの通りに戻ろうとして、こちらを見つめて足を止めた人物に気づいた。

朱川の姿に、いけないことをしているのを見つかった子供のように内心うろたえる。

「随分と八方美人だこと」

「え？」

尖った言葉の意味も、冷ややかな眼差しも一瞬意味が判らなかった。穂積が後ろめたいのは名前のことだったが、あからさまに焦った様子を朱川はべつのことと勘違いしたらしい。

「それで、万丈ホテルはどうでしたか？」

ホテルから出てくるのを川越しに見ていたのだろう。

「ち、違います」

「なにが違うんです。大河原さんのところにトイレを借りに寄ったとでも？」

「そうじゃないですけど……」

「人のことを知りたいとか言っておいて、あんなクソオヤジにしっぽを振るとはね」

「くそって……」

大河原を毛嫌いしているのは重々知っているが、それにしても露骨に不機嫌すぎやしないか。

今日もどこかへ行った帰りなのだろう。器用に手提げ袋にした風呂敷で包んでいるのはどうやら酒瓶だ。

歩き出した朱川の後を追う。機嫌を取ろうにもトイレ以上のうまい言い訳なんて、浮かばなかった。そもそも嘘をつくのは得意じゃない。隠すべきことをわざわざ喋るほど馬鹿でもないけれど、穂積は本音を口にした。

「取材で分け隔てをするつもりはないだけです。朱川さんの正規の温泉組合も、大河原さんのところの新しい……ニュー茜谷温泉組合も。どちらの旅館や商店も、僕から見れば同じ茜谷です。観光客にとってもそうなんじゃないですか？」

「判ってますよ、そんなこと」

「だったら……」

なにをそんなに気を悪くしているのだろう。まるで自分が大河原のところに行ったのが、理由のいかんに問わず面白くないとでもいうようだ。

そんなはずはない。朱川が自分の動向に興味を示すのは取材が絡んでいるからで、自分個人など勝手に舞い戻ってきて客室を埋めている宿泊客に過ぎない。

「大河原さんとは歩み寄るつもりはないんですか？　同じ茜谷の住人なのに。あの人も、根は悪そうじゃないっていうか……」

「センスは最悪だけどね」

「朱川さん！」

しれっとした毒づきに呆れる。朱川は気持ちを一旦鎮めようとでもするように、一つ息をついた。

「どうせまた風呂自慢でもしてたんでしょう。まぁ、あそこの源泉の湯量が茜谷一番で、泉質もいいのはうちだって認めてますけどね。ホント、宝の持ち腐れっていうか……」

「そ、そんなことないんじゃないですか。有効利用もなさってるみたいですよ」

「有効利用って？」

すかさず突っ込まれて焦った。

万里の長城風呂はただの悪趣味な上、大河原にも秘密にするよう頼まれた。ほかに聞いた話と言ったらなんだ。

「そう、お湯を分けたり！」

苦し紛れに弾ませた声に、朱川は草履の足を止めて振り返った。

「湯を？」

捨てるほどの湯と聞いている。さほど特別な行いでもないと思ったけれど、興味があるらしい。

「湯量が減った旅館に請われて分けてるような話を……」

「旅館ってどこの？」

「えっと、たしか永泉屋旅館……」

「昭三さんのところか。あそこは大河原さんの腰巾着かってほど言うなりですからね」

「お湯を分けてもらってるから頭が上がらないとか」

そうやって派閥を形成しているのなら、朱川にとっては源泉の有効利用どころか悪行だ。いい顔をするはずもなかったけれど、そんなことはどうでもいいといった様子で、朱川は難しい表情をしている。

「あ、朱川さん？」

「……どうでしょうね。永泉屋旅館は川のこちら側だし、西側の一軒だけ離れた場所で万丈ホテルからは距離がありすぎます。湯量が下がってるなんて話も聞いてないし、引き湯管を引くのは簡単なことじゃない。溶解成分の高い湯ほどパイプが詰まりやすくなるし……」

「スケール……ですよね？」

穂積の口から出た専門用語に、ちょっと驚いたように朱川は目を瞠らせる。穂積もなにも知らずにこのこと温泉地に取材に来ているわけではない。

「そう、パイプについた沈殿物が凝固してしまいには詰まるんです。浴槽に浮かべば湯の華、でもパイプの中で成長すればただの厄介者。対策をしないと一ヶ月持たないこともあります」

ときに湯垢《ゆあか》と見紛われることのある湯の華は、硫黄華、石灰華、ケイ華と温泉地によって主成分の様々に異なる成分の結晶だ。しかし、湯船ではふわふわと浮かぶ姿に風情がある名物も、管の中でついてしまえばただの汚れとなる。スケールを落とす費用に頭を悩ませる旅館もあるくらいだ。確かに、余っているからと言って気軽によそまで湯を流せるものではないかもしれない。

辿り着いた結論に応えるように、朱川がぽつりと言った。

「調べてみる必要がありそうですね」

「えっ、調べるって？」

穂積の驚きに、人の悪い笑みを唇に浮かべる。

「たった今自分で言ったんでしょ、客の目から見れば同じ茜谷だって。永泉屋だろうが万丈ホテルだろうが、同じ茜谷のこと。組合会長が知らぬ存ぜぬではすみませんからねぇ」

穏やかな夜に感じられたが、上空は風が強いのかたなびく雲は早く流れていた。丸く満たされた月は何度も覆い隠されそうになっては、また眩《まばゆ》い姿を現わす。

「朱川《あけがわ》さん、まずいですよ」

穂積《ほづみ》に夜空を仰ぎ見る余裕はなく、ハラハラした気持ちで目の前にしゃがんだ羽織の背を見つめていた。

深夜、日付もとっくに変わった時刻。人目を憚《はばか》り穂積と朱川の二人がいるのは永泉屋《えいせんや》旅館の裏手の路地だった。二人でやって来たと言うより、『調べる』と宣言した朱川が夜更けに出て行くのに気がついて、勝手に後を追ったのだ。

「やっぱりここからじゃよく判《わか》らない」

垣根に首を突っ込んでいた朱川は、葉くずのついた髪を払いながら不服そうに言う。珍しく下ろされた髪は、無造作に左耳の近くで一纏《ひとまと》めに結ばれていた。女将《おかみ》の仕事から解放された真夜中の朱川はどうやらすっぴんで、紺色のござっぱりとした着物を着ているが、それでもまだ女の格好には違いない。

「誰かに見られたらどうすんです。そろそろ帰りましょう」

あけ川荘の女将が人の旅館を覗《のぞ》き見ていたなんて、噂でも立ったら困るだろう。

穂積のまっとうな心配をよそに、朱川は諦《あきら》めて帰るどころか、さらなる『まずい』行動に出た。

「ちょっ、朱川さん！」

押し留《とど》める声も虚《むな》しく、角を曲がったところにあるフェンスを朱川はおもむろに登り始める。暗がりに大胆になっているのか、老舗《しにせ》旅館の淑《しと》やかな女将はどこへやら。「ああ、くそ、邪魔だな」なんて呟《つぶや》きながら着物の裾を捲《まく》る姿は、女将に惚《ほ》れた常連客が見たら目を覆いたくなる光景だろう。

「帰らないんだ？」

隣を登り始めた穂積に、意外そうな声で言う。

「あけ川荘の美人女将に一人でこんな危ない橋渡らせられるわけないでしょう」

「ふうん、男前だね」

嫌みのつもりだったにもかかわらず、ふっと笑まれてしまった。隣を見れば、朱川はフェンスのてっぺんに足をかけたところだ。

無造作に立てられた膝からつけ根まで覗きそうな腿《もも》。滑《なめ》らかな肌が月明かりに妖《あや》しく白く光る。化粧っ気もない今こそ性別をよく確認すべきチャンスなのに、穂積はいけないものでも目にしてしまったかのように心臓を弾ませ、さっと目を背けた。

「あ、朱川さんは仕事が終わっても着物なんですか？」

「え？　ああ、そうだね。最後に洋服を着たのはいつだっけなぁ。仕事も着物、休みの日も着物、寝るときは浴衣《ゆかた》」

脱げない理由でもあるのかと問いたげに聞こえたのだろうか。不意に尖《とが》った声で朱川は続けた。

「それが、なにか？」

「いえ、べつに……ただ訊《き》いてみただけです」

「ふうん、まぁいいけど。ほら、早く行こう」

「あ、はい」

軽く飛び降りて風圧に膨らんだ羽織の後ろ姿に、穂積も続く。

気がかりでついてきただけのはずが、これではすっかり共犯だ。完全な不法侵入である。

しかし、朱川の抱いた疑念は穂積も引っかからないわけではない。

永泉屋の揚湯《ようとう》ポンプはこぢんまりとして見えた。湯煙《ゆけむり》も上がっておらず、自然泉ではなく動力泉だという。しかし、それ自体はべつに珍しくはない、むしろ万丈《まんじょう》ホテルのような自然泉ほど今は稀有《けう》になってきているのだ。

「バルブが開き切ってる」

朱川が興味を示したのは、頑丈そうな鉄のパイプの曲がり口の途中にある赤いバルブだった。

「どういうことですか？」

「湯量を調整するバルブだ。通常ここを開き切ったりはしない」

まだよく判らない顔をしてしまった。

「茜谷《あかねだに》の源泉の温度は高いから冷ます必要があって、高温のまま全開で放出するようなことはないんだよ。毎日流す量も気温によって調整してるし、こんなに出せるだけ出すような真似はできない」

「出せるだけって、じゃあ……」

「湯量が足りなくなってるっていうのは本当なんだろう」

揚湯が永泉屋の心臓なら、湯は温泉旅館にとっての血液だ。血液なくしては旅館は生きていけない。しかし、この旅館は普段と変わらず営業をしている。

来るときに川縁《かわべり》を確認しても、万丈ホテルからの引き湯管は見当たらなかった。

「加水してるな」

いつもよりも低くなった声で、朱川が言った。

「あ、朱川さん」

穂積が動揺する間にも、朱川はパイプを辿《たど》るように奥に進み始めた。

足音を潜めて後に続く。頭上を仰げば建物に阻まれて月は見えなくなった代わりに、二階の部屋からいくつかの窓明かりが漏《も》れていた。

客室だろうか。そう思った傍《そば》からどこからともなく笑い声が響いてきて、びくりとなる。今にも誰かがひょっこり姿を現わしかねない状況は、とにかく心臓に悪い。

あけ川荘にも通じる風情《ふぜい》のある数奇屋《すきや》造りの建物を回った先に現われたのは、ひょうたんの形をした石造りの露天風呂だった。

「まずいですよ、ここは！」

思わず、朱川の羽織の裾を摑《つか》んだ。

「大丈夫、男湯だ」

「そういう問題じゃないですって」

「入浴時間もとっくに終わってる」

「だから、そういう問題じゃなくっ……」

廃墟の取材には正直許可を取らずに侵入した経験もある穂積だが、営業中の旅館に無断で忍び込むのはまたわけが違う。常識的な自分を確認すると同時に、肝《きも》の据わった朱川を知る。とてもあの写真の中で俯《うつむ》いていた少年とは思えない。

季節の花々を楽しむ庭園風呂になっているのだろう。露天風呂の周囲は樹木で囲まれていた。茂みの陰に続くパイプは、路上の集水桝《ます》のような四角いコンクリート桝へと接続されており、どうやらこの先は浴槽への配湯管に繋《つな》がっているらしい。

「なんだ、これは」

朱川が声を上げた。がさりと掻《か》き分けた茂みの中に隠すように通された青いビニールホースが、同じ桝へ続いている。太いがありふれた家庭用のビニールホースと変わらないそれは、いかにも急場凌《しの》ぎに繋げたとしか思えない代物《しろもの》だ。

「温かいな」

朱川は無造作にホースを握りしめ、穂積も手を伸ばしてみる。

「……本当だ」

「これで足りない分の湯をどっからか引いてきてるんだろう。案外、洗い場の蛇口だったりしてね」

「ま、まさかそんな適当なこと……ちょっ、ちょっと！」

もう十分だろうに、露天風呂から内湯に続くガラス戸のほうへ歩き出す朱川に焦った。

よもや、中に入って洗い場を見て回るつもりか。

そのよもやだったに違いないけれど、羽織の後ろ姿はガラス戸に手をかけようとしたところで突然ピタリと動きを止めた。

「まずい」

「えっ？」

『なにが？』と問う間もなかった。注視したガラス戸の向こうを一緒になって覗き込む間もなく、ぐいと身を押される。

「こっちだ！」

「えっ……！」

なにが起こったのか判らないまま、ガラス戸から死角になる脇に移動させられた。それ以上身を隠す場所などないと思った穂積に対し、朱川が選んだのは最悪の場所だった。

竹葺《たけぶ》きの雨除《あめよ》けの屋根の下に、人一人通るのがやっとの大きさの扉がひっそりと存在する。あってもなくても構わないような、狭く小さな部屋へと続く木製の扉——

「とりあえず入れっ！」

「で、でもっ……」

「早くしろっ、来るぞ！」

腕を引っ摑まれ、追い立てられて穂積はその部屋へと転がり込んだ。部屋というより真っ暗な穴は、一度に三人も利用できるかどうかといった大きさの、申し訳程度に設置されたごく狭いサウナ室だった。

扉を閉じながら、朱川がほっと息をつく。

「使ってなくてよかったな」

中は生暖かいが、サウナの熱気はない。

たしかに安堵《あんど》したものの、高く鼓動を打ち続ける心臓に穂積はまずいなと思った。

朱川が薄く開けた扉の向こうからは、人の気配がする。どうやら従業員らしい。一人じゃなさそうだ。

「永泉屋の主人だ」

ぼそりとした声が暗がりに響き、扉越しにはやがて遠く荒い声が響いてきた。

「なんだこれはっ、ホースは見えないようにしとけって言っただろうが！」

朱川と確認したコンクリート桝のある茂みのほうだ。

「しっ、してましたよ！　今日は風が強かったから動いてしまったんじゃないですか〜」

「ブロックででも押さえとけ、客に見られたらどうするんだ」

「そんなに神経質にならなくても……客には判らないと思いますけどね。排水用のホースが出てるくらいに思うんじゃないですか〜？」

「アホ、温泉客ってのは素人《しろうと》ばかりじゃねぇんだぞ。通ぶった妙に詳しい奴もいるし、最近はどっかの雑誌記者もうろついてるって話じゃないか」

雑誌記者ではないが、恐らく自分のことだろう。

「くそ、掃除始めるつもりみたいだな」

しばらく耳を澄ませて様子を窺《うかが》っていた朱川は、扉を閉めると言った。

まだ当分出られそうもない。座った作りつけのベンチの奥側で俯いた穂積は、細く長い息をつく。そうでもしないと今にも息が激しく上がってしまいそうだった。

立ち上がれば両壁に手の届くほどに狭い小部屋の閉塞感。暗がりと、温《ぬる》く身を包む空気。

「加水がバレたら、また世間が騒ぐかもしれないな」

隣の声に必死で意識を集中させる。

「……青池《あおいけ》温泉ですね」

一昔前、入浴剤を使用していた温泉旅館が明るみに出たことがある。次々とほかの旅館や温泉地にまで疑惑は飛び火して、たちまち大騒ぎになった。

「そうだな、でもあれは……」

「本当に不正と糾弾するほどのことだったのか、個人的には少し疑問に思えました。神秘的な青い湯……客の期待する泉色を取り戻そうとしただけで、泉質は元と変わらないままだった。温泉としての効能は守られていたのに」

上がる息を押し殺しながら、穂積はぽつりぽつりと話す。

青い色をつけようとつけまいと、変わりなかった湯のこと。

「よく知ってるな。スケールのことも……調べてるのか？　下調べはしないって言ってたくせに。試験前はこっそり勉強して抜け駆けするタイプとか？」

朱川はひっそりと笑ったが、穂積は淡々と応えた。

「そういうわけでは……温泉の基礎を確認するうちに、気づいただけです」

「ふうん……でも公正なんだな、おまえの目は」

『おまえ』なんて、初めて呼ばれた。暗がりがより朱川を自然体に戻しているのか。

ぞんざいな呼び方なのに、少しも不快ではなかった。

柔らかく鼓膜を震わせた声に引かれ、そちらを見る。今、姿が見えないことを残念に思う。どんな表情で朱川が自分を見ているのか知りたい。

「馬鹿馬鹿しいと思うけどね、温泉なんて見た目が第一なんだよ。湯の華だってありがたがっても、浴槽についてスケールになれば汚れだと言うし、風呂掃除がなってないって悪評立てられたりな。いくら泉質がよくても、青い湯は永遠に青いままじゃなきゃダメなんだ」

「だからといって偽装は……失うものが……あまりに、大きすぎます」

「青池なら、今はどこより泉質管理の行き届いた温泉になったと聞くけどね」

「……はい。失った信用をそこまで、取り戻すのは……大変だったはずです」

「想像するだけでもぞっとするね。長い時間かけて得た信頼も崩れるときは一瞬だ。知名度のある温泉地ほど、事件はいつまでも記憶に残り続ける。あの一件は、むしろその後に飛び火した温泉地で発覚した加水のほうが問題だったのに……たった数軒の問題でも、町のすべてが打撃を被《こうむ》るんだ」

茜谷に重ね合わせ見ているのだろう。

話すほどに真剣味を増していく男の声。朱川が取り繕おうとしていないのもあるけれど、視覚の役に立たない暗闇の中で耳にする声は、紛《まが》いようもない男性の声音だ。

けして冷たく尖ってはいない。

温かみのある、穏やかな声。

「おまえの言うとおりだよ。不正をやってるってなったら、永泉屋やニュー茜谷温泉組合の問題じゃすまなくなる。この谷は一心同体なんだ。望む望まないにかかわらず……」

ずっと聞いていたいと思う声なのに遠くなる。すぐ隣にいるはずが、まるで分厚い扉にでも隔たれてしまったかのようだ。あの夏の日、自分だけが小さな箱に入れられ世界から切り離されてしまったときのように。

「……おい？」

肩を軽く揺すられ、はっとなった。

「あ……す、すみません」

「すみませんじゃないだろ、おまえ。どうしたんだ？　息が荒いぞ、具合でも悪いのか？」

「大丈夫です。ちょっと、狭いところが苦手なだけで、なんともありません」

「なんともって……本当に平気なのか？　狭いとこって、閉所恐怖症ってやつか？」

朱川が心配するほど、吐く息が荒くなっていた。ゆっくり呼吸をしようと、細く長く息をつく。吸って、吐いて、繰り返すうちに体の奥から淀《よど》んだものが出て行く気がする。

「昔、冷蔵庫に閉じ込められたことがあるんです」

底が抜けたように映る真っ暗な足元。

視線を落とし、穂積は零《こぼ》した。

「冷蔵庫？　なんでそんなものに……」

「使ってない古い冷蔵庫でしたから」

「遊んでて出られなくなったとかか？　アイスクリームケースに閉じ込められたって話なら、聞いたことあるけど。大人《おとな》しいかと思えば、おまえも子供の頃は結構……」

「自分で入ったんじゃありません。親に入れられたんです」

「え……？」

　朱川の反応が変わった。

「なんでそんなこと……」

「怒らせてしまって、それで……血は繋がってない父でしたから……いや、血の繋がりは関係ないですね、すみません」

「……誰に謝ってるんだよ。よそはどうでも、おまえんとこは関係あったんだろ？」

「たぶん……いや、どうでしょう。単に子供が嫌いな人だったのかも。気に入らないことがあるとすぐ暴力を振るう人でした」

『おとうさん』について、人に話すのは初めてだった。両親がいない以上の家庭環境には触れたことがない。必要もなかったから。

　もう『おとうさん』はいないし、母もいない。弟も手を離れ、互いに自立して暮らしている。自分は大人になった。あの夏から十五年以上が過ぎ、二度と冷蔵庫に入れられることは

ないと頭では判っているのに、思い起こすだけでまだ息苦しくて心臓がバクバクと鳴る。

怖くて堪《たま》らない。

——そう、ずっと自分は怖いんだ。

目の前の暗がりを見つめ、穂積は見えない手元でジーンズの膝を握ろうとする。摑めない厚い生地を指先で何度も掻いた。

肩に触れた手にびくりとなる。

「朱川さん？」

穂積のいからせた肩先を、その手は宥《なだ》めるかのようにぽんぽんと叩いた。

「出るか」

「……え？」

「ダメなんだろ、こういうとこ」

一瞬、意味が判らなかった。

ドアを開けて表に出ようというのか。

「じょ、冗談、やめてください。まだすぐそこに、旅館の人いるのに」

「なんとかなるさ、ハライタでトイレ借りるつもりで飛び込んだらサウナだったって言おう。いっそ脅すのもいいな、ホースのこと黙っといてやるから、大河原《おおがわら》と手を切ってうちの組合に戻れって言う。一石二鳥だ」

今にも……すでに扉に手をかけているかもしれない朱川を、穂積は慌てて引き留める。

「大丈夫ですから、本当に。朱川さんも傍にいるし、一人じゃなくて安心します」

嘘じゃない。朱川が隣にいるから、まだ落ち着いていられる。

不思議だった。誰かが傍にいてくれたほうが安心するなんて――

「……けど、息まだ荒れてるじゃないか」

「すみません、うるさいですよね」

自分でもどうにかしたいと思うのに、どうにもならない。目を開けても閉じても暗い閉所では、闇は黒い壁となって押し潰《つぶ》そうと迫ってくる。

「べつにうるさいなんて言ってない。本当にただ狭いのが怖いだけなんだな？　どっか具合が悪いわけじゃなく？」

「はい」

蒸し風呂で倒れたのは正気を失ったところを熱気にやられたからで、温度も湿度も正常な今はのぼせる理由がない。

「じゃあこっち来な、抱いてやるから」

「え……」

ぶっきらぼうにかけられた言葉に、驚いた心臓がドキンと飛び跳ねた。掴んだ腕を手繰《たぐ》り寄せるように引っ張られて戸惑う。

「子供はそうすると安心するだろ。ママに抱っこ、されたことない？」

言葉に少し拍子抜けした。

「……お、俺は子供じゃありません。それに……母さんもあんまり……子供を抱くような人じゃなかったから」

「……ふうん、じゃあいい機会だな。安心するかどうか試せる」

「ちょっ…とっ……」

焦りながらも振り払わなかったのは、朱川を近くに感じるのが嫌ではなかったからだと思う。躊躇《ためら》いつつも、引っ張られるまま向き合った。ぐいと両脇を下から持ち上げ、それこそ子供みたいに浮かされた体に、穂積は『わあっ』となる。

「……あっ、朱川さんっ」

この狭い場所で抱き締められるには、膝上に乗っかるしかない。

「おまえ細いけど、軽くないな。やっぱ男だからか」

一度、朱川は背中に担いでいる。『女将のほうは女じゃなかったですか』なんて、皮肉を飛ばせる余裕はなかった。

背に回された手に心臓が跳ね続ける。

朱川の言うような効果があるとは思えない。鼓動は落ち着く気配もなく、安らぎとは程遠い。ただ、先程までの息苦しさとはなにか種類が違っている感じもした。

だらりと下ろした手をどこへやっていいか判らず、両脇に幕のように下がったものに触れる。さらりとしつつ柔らかな絹の手触り。朱川の着物の袖だろう。そっと握り締めると、驚いたのか朱川の身が微《かす》かに揺れた。

目の前にあるのに表情は窺えない。それどころか会話も途絶えてしまい、脈や体温から気持ちを読み取ろうとでもするように、体の触れ合った部分を意識した。

支える腕や手のひら。跨《また》いで乗っかった、女性とは程遠く締まった両腿も。

「……朱川さん？」

なにか喋《しゃべ》ってほしいと思った。どうして急に黙り込んだりするのか。自分から抱っこだなどと提案しておきながら、重たくて嫌になったのか。

「……まいるな」

疑念を肯定するように朱川がぽつりと漏らし、うるさい心臓がきゅっとなる。

変な感覚だった。痛みを覚える一方で、体の芯がざわざわと騒いで熱を持つ。

抱き留める朱川の手は急に動いたかと思うと、穂積のパーカーブルゾンの下にするっと入り込んできて、制御の利かない体はぴくんと上下に跳ねた。

「な、なに？　なんですか？」

きょとんとした問いは朱川だけでなく、妙な反応をする自分自身に対してでもある。

「……あっ、あの、俺やっぱり……」

身を離そうと押しやれば、その分だけまた引き寄せられた。綱引きみたいな小さな攻防。暗闇の中で輪郭《りんかく》を確かめようとでもするみたいに、男の手のひらが脇から胸元までするすると撫《な》で摩《さす》って肌が震える。

「こうするとさ、気が紛れない？」

「え、どういう……あ、ちょっ…と、どこ……触ってっ……」

朱川の手は居場所を見つけたらしい。両脇を支えつつ伸びた指先が、小さな引っかかりを探り出す。親指の腹で薄いニットの下の左右の粒をやんわりと転がされ、穂積はくすぐったさに身を捩《よじ》った。

「……っ……」

「やっぱり小さいもんだな、男の乳首は」

「乳…首って、なんで……こんな…っ……」

「だから……気が紛れるかと思って。あと……」

「……あと？」

問いかけは、走る刺激にうやむやになる。自分の体の一部なのに、初めて知る感覚だった。

『小さい』と揶揄《やゆ》しながらも、お気に入りのオモチャを手に入れたみたいに、指先はそこを執拗《しつよう》に探る。

「あっ、朱川さ…んっ……」

視界を闇に奪われ、見つめても判らなかった。本気で気を逸《そ》らそうとしているのか、からかってでもいるのか。

それとも――

「……ぁ…っ……」

摘《つ》まんで捏《こ》ねられると、熱を帯びた痺《しび》れが身の奥へと走って、穂積はぶるっと黒髪を震わせた。揺れた髪が、微かにさらりと音を立てる。

変なふうに体を揺らしてしまって恥ずかしい。そう思う傍から、揉《も》み潰されてまたビクビクとした反応を繰り返す。

「……っ、あっ……」

身を揺らす刺激が官能であるのを、穂積は教えられずともすぐに察した。朱川の腿の上であるのも忘れ、もじりと腰を動かす。硬い木のベンチなんかではないのを擦《こす》りつけた尻で感じ、体を巡る血が一気に熱くなる。

僅《わず》かな摩擦にも、泣きたいような衝動が芽生えた。

「……がわ、さん……俺……」

なにを口走るつもりなのだろう。

狭いのと、暗いのと。それから、そんな不具合も一気に脇に押しやって忘れてしまうほどの衝動。昂《たか》ぶってどうにもならないのは、感情だけじゃない。

「あ……」

胸元で悪戯《いたずら》に蠢《うごめ》いていた右手が、するっと体を下りる。凹《へこ》んだ腹の上から、ジーンズの中心へ。

「やめ…っ……触る、なっ」

動揺のあまり、本気で荒っぽい声が出た。

「……どうして？　もう勃《た》ちそうだから？」

息遣いで笑んだ朱川は、穂積の身に進行中の大問題をするっと言い当てる。答え合わせは触れて確かめようとでもいうように伸びる手を、払い除《の》けるのに必死になった。

攻防はさっきの比ではない。

「ちょっと、ダメ…ですって……本当に！」

「なんで？」

「なんっ…でって……汚い、からに決まってて っ……」

ついにピシャリと叩いて手を払い落とし、騒いで表に聞こえてはまずいのを思い出して息を飲んだ。人の声はもう聞こえないけれど、掃除を始めたのならこんなに早く終わるはずもない。

穂積のやけに潔癖な反応に、朱川のほうはなにかを悟ったように言う。

「汚いって……もしかして、おまえ……セックスしたことない？」

指摘され、頭部に血が集まる感じがした。頰や耳朶《じだ》が、カアッと火でもついたみたいに熱くなる。

穂積は確かに経験がない。誰かに触れたことも、触れられたことも。興味がないのに女の子と遊ぶようないいかげんさ……いや、社交性すら持っていなかったし、仕事が忙しいのも未経験を後押しした。

でも、欲望はある。

誰にも言えないけれど、本当は思い出したことがあった。一人でしている最中に、頭に描くように浮かんだのは焦がれた冷たい手の感触。ひやりとしたその手に、熱を冷まされるどころか追い立てられるのを想像して果てた。

ただ思い出すタイミングが合っただけだと、思おうとした。

でも、本当は偶然なんかではないのを、心の隅では判っていた気がする。直視してもどうにもならない欲望。相手は男で、二度と会えるはずもない存在で——そんな諦めで目を逸らし続けてきた。

それらすべてを、きっとこの一瞬に朱川に見透かされてしまった。

「変ですか？　したこと、ないって」

穂積は俯き、問う声は震えた。特に焦りもなかった童貞であることも、朱川を前にするとひどく恥ずかしいことのように思える。

実際、二十六歳にして未経験の男はそう多くはないだろう。

「……いや、べつに。でも、経験ないからって、そう突っぱねることもないいんじゃない？ まぁ、俺が嫌なら仕方ないけど？」

暗がりに響く朱川の声は飄々《ひょうひょう》としていた。

からかっているのとも違う、柔らかにすぐ傍から届く声。

「……い…です」

「……え？」

「嫌いじゃないです。朱川さんのこと」

重たくするつもりはないのに、生真面目《きまじめ》になってしまう穂積に、朱川は小さく頷《うなず》くように応えた。

「そう」

それだけで穂積の肌はざわついて、ほんのり熱を上げる。

「だったら、ちょっとは気を許すってのは？ 人肌も悪いもんじゃないし」

「で、でもこういうのは……女の人とすることで……」

反論しながらも、伸びてきた手を今度は拒めなかった。丸め込まれたわけじゃない。自分が本当は嫌がっていないこと、それどころか求めているかもしれないことも、知ってしまったから――

嫌いじゃない。

嫌えるはずもない。

だってずっと、好きだったのに。

布の擦れる音。ジーンズの縁を探る指を感じ、目を凝らして見下ろす。

ボタンを外され、腰が引けた。朱川に知られると思ったから。

硬いファスナーを下ろされる傍から、下着の膨らみが露《あら》わになるのが暗がりの中でも判る。

朱川に抱き締められてすぐからもぞもぞとしていたそこは、ジーンズに締めつけられていなければ隠しきれないほど勃起していた。

乳首や腹を触られたくらいで、勃たせるなんて欲求不満と思われるかもしれない。

「……すみ…ません」

「なんで謝ってるの？　もしかして……メチャクチャすごいことになってる？」

「ち、違いま…すっ、あっ……ひ…ぅ……」

「……違わないみたいだけど」

ブリーフの上から包まれると、中のものがはち切れそうに喜ぶ。それだけで膨らみを増し、朱川の手の中で布越しにも判るほどひくんと跳ねた。

「や…めっ……あっ」

下着をずり下ろされる感触。羞恥心《しゅうちしん》の落ち着く暇もない。勃ち上がった性器に直《じか》に触れられると、穂積は微かなくぐもる声を上げ、無意識に着物の身にしがみついた。

「……ぁ…ぅ……」

浮かせた腰がビクつく。なにか柔らかなものがこめかみに押しつけられたと思えば、朱川の唇だった。何度か宥めるように押しつけてくる。やはり少しひんやりとして感じられる手が、向き合った体の間で上下した。

冷たいのは、自分が熱くなりすぎているせいか。理由を考えてもますます熱を上げるばかりで、ずっと憧れていた手にそんな場所を弄《いじ》られているという状況に、頭がくらくらする。のぼせたみたいに、頬《ほお》も耳朶も熱かった。

「……ううっ」

くぐもる声で呻《うめ》いて、上げそうになった淫《みだ》らな声を抑え込もうとすれば、一層手の動きは激しくなる。我慢は気に入らないらしい。

根元から先端へ。括《くび》れたところを執拗に擦られ、やがて息遣いに嗚咽《おえつ》のような音が混じり始めた。自分でもひどく感じると知っている部分だ。

「……あ、だっ……だめ…ですってっ」

「なにが?」

「声、そと……こんな、聞こえ…たらっ」

「誰もいないところなら、いいってこと?」

朱川の唇は、こめかみの上で笑う。

本当は穂積のほうが問い返したかった。誰もいないところでも、こんな場所に閉じ籠《こ》もる必要がなくても、朱川はこうするのかと。

これは気を紛らわすため。閉所恐怖症のせい。淫らな行為に溺《おぼ》れそうになりながらも、穂積は自分に言い聞かせ、戒《いまし》めるように考えた。

「やっぱり狭いのが気になる？　なんか、急に反応が……」

「……あっ……ひ…ぁっ」

先端のぬめる小さな穴の周囲を摩擦され、身震いする。指はくるくると円を描いた。促《うなが》されて解けた敏感な穴は、中から雫《しずく》を浮かせて触れる男に感じているのを知らしめる。

「んんっ……」

ぎゅっと閉じた目蓋《まぶた》に眦《まなじり》も濡《ぬ》れる。溢《あふ》れ出した先走りは、張り詰めた幹だけでなく、朱川の手指をも濡らした。いつの間にか冷たさを感じなくなった手のひら。穂積の温度の移った手は、今にも弾《はじ》けそうに高まったものを甘やかす。

「あっ、待っ……」

上がる息のやり場が判らない。今にもおかしな声を上げてしまいそうだ。どうやって身の内から湧き上がる衝動を躱《かわ》せばいいのか判らず、男の着物の肩口に唇を押し当てた。

「苦しい？」

問いかけに首を左右に振る。ただ知られるのに抵抗を覚えた。同じ男であるはずの手にこんなに感じるなんて、朱川は変に思わないんだろうか。

「……ん…っ……はぁ……」

そこに触れているのが朱川の手だと思うと、どこまでも駄目になる。

堪らなく感じた。ぬめる雫はしとどに溢れてきて、穂積はそれだけでもう射精してしまったみたいな恥ずかしさを覚える。

「もっ、もう……もう、いいです」

「なんで？　すごい感じてるのに……意外に感じやすいんだな」

意外とはどういう意味だろう。自分は今、どんな風に朱川に映っているのか。

「あけっ……あけ、がわさんは、いつもこんなこと…っ……する、んですかっ？」

「え？」

「せ、セックス……とか、したことあるんですよね？　だったら、こういうのも……よくあることでっ、誰かに……して、あげたりとか、してっ…もらったりとか……」

なにを言っているのだろう。問うまでもないことを、訊かずにはいられなくなっている。

朱川ならモテるはずだし、恋人は何人もいただろう。今だって、どこかに秘めた恋人がいるのかもしれない。

たどたどしい声で不慣れな恋愛について問う穂積に、朱川は微かに笑って応えた。

「こういうのは、すごく久しぶりだよ。茜谷に戻ってからはそんな暇もなかったし、なにしろこのなり……まぁ、いろいろと面倒でね」

「久しぶり……なんですか？」

「……うん、そうだよ」

明らかに濁された言葉よりも、穂積が大事なことのように繰り返したのは朱川が一人でいる時間だった。

ほっとすると同時に、喜んでいる自分がいた。朱川に恋人がいなかったからと言って、なんだ。

いつの間にか形になっていた恋心は、認めてしまえば深い根を張り巡らせて、穂積を雁字《がんじ》搦《がら》めにし始める。朱川に好かれたい。必要とされたい。特別になりたい——次々と際限なく芽生えてくる願望。

「……あっ……朱川さん……」

「小さい尻だな」

腰を支える朱川の手が、不意にジーンズの尻を掴んだ。なにかを探るように、指が背後からするりと股の間へ向かう。衣服越しの狭間《はざま》に指を滑らされ、穂積は意識してもいなかった場所を思い出す。

「……んんっ」

一方でぬるりと性器の括れを一際強く刺激され、ビクンと腰を浮かせた。

「はぁ……は……ぁっ……」

暗がりに向けて、何度も吐息をつく。上擦《うわず》って高い声を出さないよう堪《こら》えるので精一杯で、ほかのことを上手《うま》く考えられない。尻に触れたがる男の左手と、性器を嬲《なぶ》って煽《あお》る右手。

朱川が自分に欲情してるなんて考えるのは、間違った思い込みだろうか。

穂積の半信半疑の疑念を肯定するように、朱川が掠《かす》れた声で言った。

「俺にも触ってくれる？」

「え……」

あっと思う間もなく手を捕らわれた。驚きに引きかけた手を、穂積は導かれるままそろりと這《は》わせる。着物越しではよく判らないその存在も、はだけた合わせ目の中へと手を忍ばせてしまえば、はっきりと判る。

朱川は下着を身に着けていないらしい。それだけでもドキリとなって頬が熱を持つのに、指先が当たったものは明らかに形を変え、熱く滾《たぎ》るような興奮を示していた。

「早く、握ってくれよ」

求めに指を絡《から》ませる。おずおずと握り締めたそれは、穂積の手の中で生き物のように弾み、朱川はおどける調子で言った。

「両性具有なんだよ、俺は」

「……う、嘘です……そんなのっ」

朱川はなにも答えなかった。ただ嘘つき呼ばわりしたことへの仕返しのように、捕らえた昂ぶりを刺激し、今までにないほどにきつく手を上下させる。

「……あ…ぅっ……」

穂積は俯いて髪を揺らしながらも、お返しをするのを忘れなかった。さっきまで恐怖しかなかった暗闇は、エスカレートする秘め事を優しく覆い隠し、男同士で淫らな行為に耽《ふけ》る躊躇いを鈍らせる。

いつの間にか閉所恐怖症は理由ではなく言い訳となり、互いの性器を互いの手で擦り合っていた。

競うかのように扱《しご》く。根元から先へ、先っぽから茂みに触れるつけ根へと。朱川のものは、自分のそれより大きい。思う存分触れたい衝動を最初は堪えていたけれど、背徳感が快感に削り取られるうちに抑えは利かなくなった。堪らなくなって、張り出した亀頭と思《おぼ》しき先端にも触れる。

ぬるつく感触。指から快感が伝わるような錯覚を覚える。

――感じてるんだ。

朱川も自分の手でと思ったら、それだけでじんわりとまた自身の先まで潤みそうになる。

熱い。朱川も、自分も。

指の先で小さな精液の通る穴をくじるように弄られると、穂積は身を震わせて訴えた。

「……ぁっ……あ…っ、そんなにしたら……もうっ……」

「……もう、イキそうなのか？」

見えないのにコクコクと頷く。

「で、出る……朱川さん、俺もうっ……」

「……もうちょっと、待て……俺も、イクから」

大きくついた男の吐息が、耳朶から頬にかけて撫でた。

どんな顔をしているんだろう。朱川も自分みたいに感じているのか。もっともっと息遣いだけでも聞き取りたいのに、興奮した自分の息がうるさくて邪魔だ。

知りたい。

彼のことを、もっと。

膨れ上がる感情。欲望が肥大していく。手のひらで触れ合うだけでは足りない。しがみついて身を預けても、まだ満たされないままバルーンのように膨れ上がる。

「……熱いな」

朱川の低い声が、鼓膜を震わす。

室温についてなのか、互いの肌についてだったのか判らない。ただ、言葉にスイッチを入れられたかのように穂積は顔を寄せた。

たぶん、唇が最初に触れたのは鼻梁《びりょう》。あまり柔らかさはない頬。その下へと滑らせ、見つけ出した柔らかな膨らみへと唇を押し当てた。普段はべったりと口紅の塗られているそこに、今は人工物の抵抗はない。

軽く擦り合わせる間もなく、朱川のほうからも押し返してきた。

唇と欲望を互いにぶつけ合う。

「ん……ぁっ……」

最初から長くは持ちそうになかった穂積は、いくらか擦られただけで暴発するかのように達した。見えないとはいえ、人前で……人の手を借りて射精したのは初めてだった。

脱力しそうになる穂積の腰を抱き、動きの緩慢になった手を犯すかのように、朱川は自ら激しく腰を入れてくる。

やがて熱い飛沫《しぶき》を叩きつけられ、穂積は朱川も果てたのを知った。


遠くで微かに食器の鳴る音は、朝の気配を感じさせる。背後の窓から木々の枝を縫って差し込む朝日が、座卓のテーブルの上で躍っているからかもしれない。

食事処で朝食の膳を前にした穂積は、耳を澄ませた。馴染《なじ》んだ心地のいい艶《つや》やかな声が、時折笑みを交えつつ遠くで響いている。周辺の客に挨拶をするその声は次第に近づいて来ており、なんとなく姿勢を正した。

「おはようございます。今日は珍しく遅いご朝食ですねぇ」

次は自分のところかと身構えていた穂積は、間口から顔を覗かせた仲居の邑田《むらた》に拍子抜けした。

「お、おはようございます」

「どうぞ、今日のお味噌汁《みそしる》はカブとさつまいもです。昨晩は夜更かしでもなさったんですか?」

「ええ、まぁ」

「遅くまでパソコンですか。あれは目が疲れますものねぇ、書きものなさってるんでしょ?」

「ええ、まぁ……」

仲居は愛想笑いをしつつも、いつもながら話の弾まない穂積に困惑の眼差《まなざ》しだ。話術が乏《とぼ》しいのは認めるけれど、まさか真夜中に部屋をこそこそと出て、女将と一緒によその旅館に忍び込んでいたなんて言えるはずがない。

しかも、昨晩はあんなことを——

「あ、あの、女将さんは?」

いつの間にか遠退《の》いて聞こえなくなった声に、思わず尋ねた。

「女将ですか? おりますけど……」

怪訝《けげん》な顔をされてしまい、咄嗟《とっさ》に言い訳する。

「ちょっと伺いたいことがあって！」

「お待ちください、すぐ呼んでまいりますから」

「あっ、いえ、急がなくても。大したことじゃありませんから……」

わざわざ呼びつけつつ大したことではないとは、どっちなんだと呆《あき》れられたか判らないが、仲居が去ってほどなくして待ち人はやってきた。

「おはようございます、穂積さま。お待たせして申し訳ありません」

うやうやしく頭を下げつつ、座敷に上がって三つ指をついた朱川に、また拍子抜けする。

そういうことかと思わされた。

どうやら昨晩の出来事はなかったことにするつもりらしい。一目でそう伝わってくるほど、臙脂《えんじ》の着物姿の朱川は、口紅をはいた艶やかな唇に白々しいとしかいいようのない笑みをたたえている。

煙《けむ》に巻くことには慣れ切った、百戦錬磨の笑みだ。

あんなことまでしておきながらと考えれば、頬がじわりと熱くなる。朱川に察せられてしまいそうで、穂積はそれについては必死で頭から振り払った。

あれは、自分の閉所恐怖症が招いたことだ。

「朱川さん……もうやめにしませんか、そういうの」

穂積は冷静な顔を保ちつつ、切り込む。

「……そういうの、とはなんでしょう？」

「俺がこんなこと言うのあれなんですけど……いつまでも女性のふりを続けるなんて、無理があります」

「私のプライベートに首を突っ込むのはやめていただけますか」

「なにか事情があるのは判ってます。でも……」

「穂積さまのお仕事は茜谷の取材のはずでしょう」

顔色は変えない。ガラス細工に封じ込めた色とりどりの文様のように、美しいけれど変化することのない朱川の笑みは、むしろ強い拒絶を思わせる。

昨日は少しなりと近づけたと感じた。でもそれも、閉ざされた狭い暗がりという異質な空間が見せたまやかし。気の迷いだったとでもいうのか。

飾り気ない言葉も、すべて——

「あなたも茜谷の一部です。あけ川荘の女将さん抜きにこの町は語れない……俺はそう思っています。みんなだって、きっとそう思ってる。あなたがいてこその茜谷なんです」

「光栄と言うんでしょうかね、それは」

「俺は知りたいです。あなたが何故《なぜ》こんなことをしているのか」

ただ、座卓の向こうに正座した着物姿の男をじっと見つめる。

大きな眸《ひとみ》で見据えられた朱川は、どこか居心地が悪そうに視線を逸らした。

「本当にいつも真《ま》っ直《す》ぐだこと、穂積さまは」

あからさまに揶揄する声音で朱川は言ったが、穂積は苛《いら》立《だ》ちはしなかった。どうにかして、この目の前の頑《かたくな》に自分を変えようとしない人間に判ってもらえないものかと願う。

「取材のための興味だけじゃありません。俺はたぶん……個人的にあなたを知りたいんだと思います」

「たぶん？　今度はまた随分曖昧《あいまい》だこと……」

「判らないんです。こんな風に人を知りたいと思ったのは初めてなので」

本音だった。自分自身でさえ判断のつかない気持ちをそのまま口にした穂積に、朱川は今度は皮肉で返したりはしなかった。

言葉の代わりのように、沈黙の間が訪れる。今にも朱川が立ち上がってしまいそうな気配に、もっと納得させられるだけの理由を話してしまわねばと焦った。

「昔、助けてくれた人がいるって言いましたよね」

「え……ああ」

「そのとき、実は助けられただけじゃなく叱《しか》られたんです。なにやってんだって」

炎天下で倒れた穂積に水を買ってきた男は、助け起こしながら『無理をするな』と言ってくれた。ありがたいと思ったけれど、その言葉は最初、穂積の心にはあまり深く響かなかった。

無理をするな。具合の悪い人間にみなそう言葉をかけるが、どうにもならないときもある。ほかの選択肢などない。やるしかない。少なくとも、そのとき穂積は自分の状況をそう思い込んでいた。

『俺は働かなきゃならないんです』

お金が欲しかった。

自分のために。弟のために。

親戚の家に負担をかけまいと自立を焦っていた穂積は、中学を卒業してからずっとバイト尽くしの毎日でパンク寸前だった。弟に不自由はさせたくない。将来の選択肢を狭《せば》めたりすることのないよう、大学に進学させたかった。中卒で働きに出た穂積自身、学歴の大切さを身をもって感じていたからだ。

そしてそれは、誰かを頼るのではなく、兄である自分自身の手で成し得なくてはならない。思い込みの理想に雁字搦めで、意固地《いこじ》になっていた。

『もう大丈夫ですから。ありがとうございました』

そう言って無理矢理に立ち上がろうとした穂積に、『なにが大丈夫なんだよ』と彼は言った。

『たかが交通整理のバイトと思ってるのか？』

『え……』

『おまえの棒振りに人の命かかってんだよ。朝から晩までフラフラしながら立って、大丈夫なんて言ってんじゃない。休むのも仕事のうちだって言うだろうが』

まるで穂積がバイトを詰め込んでいるのを知っているかのような口振りだった。

声を荒げて叱咤《しった》する男に、最初は目を丸くしているだけだった。反発心だって湧いた。高卒だか大卒だか知らないけれど、立派なスーツを着て仕事をしている男になにが判ると。

——でも。

『自己満足に他人まで巻き込むな』

冷たい手のひらのように、彼のその言葉は勝手に燃え盛り続けていた穂積の心をひやりとさせた。弟のことまで見透かされて、忠告された気がした。

犠牲心は無条件に尊いものではない。

ただの自己満足に過ぎないこともある。

「俺は目が覚めたんです。大げさかもしれませんが、目の前の景色が変わった気がしました。彼のその一言をきっかけに」

穂積は着物姿の朱川を見つめて言った。

窓辺から差し込む朝日が、その顔をもきらきらと照らし出している。けれど、光の中にいるのに、深い陰影が下りたかのように朱川の表情は硬く、上面の笑みさえ浮かべなくなっていた。

こちらに向かない眼差し。動かない唇では会話は成り立たず、ただの独り言のようだ。

けれど、朱川がちゃんと聞いてくれているのを穂積は判っていた。

「後から、あの言葉に俺は救われたんだと思いました。もしかしたら、誰かに言ってほしかったのかもしれません」

日差しを受けた切れ長の眸が、ゆっくりと流れるように動いてこちらを見る。じっと見つめられただけで、胸が締めつけられるように感じた。

もっと近くで見ていたい。昨日の晩のようにそう思ってしまう。

「朱川さん」

祈るように呼べば、朱川はようやく重たい口を開いた。

「そんなの……おまえが自分で気持ちを変えただけだろう。そんななにも知らない行きずりの奴の言葉に、大した意味なんてあるわけない。おまえが勝手に深読みしただけだ」

否定されても、穂積の気持ちは揺らがなかった。

「……そうですね、確かにそうかもしれません。でも、それでも、今自分がこうしてあなたと向き合っているのは、あの言葉がきっかけに違いありません。朱川さん、あなたがいたからなんです」

茜谷の上空には、もうずっと分厚く雲が垂れ込めていた。今朝から重たく曇った空は今にも雨が降り出しそうで、旅館から出かける客には雨支度の傘が手渡された。

旅館の裏庭でも、まるで台風でもくるかのように雨支度は行われており、仲居の邑田がギコギコと鳴る鋸《のこぎり》の音の傍でぼやく。

「取り寄せてるそうなんですけど、なかなか届かなくてねぇ」

裏庭の片隅で鋸を引いているのは穂積だ。離れの雨樋《あまどい》が壊れて困っているというので急場凌ぎの竹の雨樋作りを手伝うことにした。

今更、澄まし顔で客人ぶっても仕方がない。旅館に戻ってきて三日目になる。前回と合わせると結構な滞在日数で、取材で方々を訪ね回ったこともあり、町に顔馴染みも増えつつあった。

「もう一本も同じ長さに切っていいんですか？」

「あ、そっちはこれを嵌《は》めますから長めでお願いします」

邑田はそう言って、くの字に曲がった金属製の継ぎ手を掲げる。取り寄せ中だという落ち着いたブロンズ色の雨樋は、竹を節目まで忠実に模した立体的なデザインだ。純和風の建物にはよく馴染んでいて、修理を始めるまで自然素材だとばかり思っていた。

雨樋も進化しているものだなどと妙なところに感心しつつ、台にしたブロックの上で押さえた竹をばっさり切り落とす。カコンとぶつかり合った竹がししおどしのように鳴った。

「助かります。外れたままにしておくわけにもいきませんからねぇ。雨が降ると結構音が響いてうるさくって。建物が古いのを趣《おもむき》だとか言っても、壊れた雨樋はさすがに風情にはならないでしょう？」

「どうでしょうね。ここの離れも江戸時代に移転したときに建てられたものですか？」

穂積は小ぢんまりとした建物を仰ぐ。旅館の裏手に点在する離れはほとんどが客室だが、傷みがひどくて使っていない部屋もあるという。

「私は詳しくないですけど、お寺だった頃からの建物もあるそうですよ」

「寺？」

「ええ、女将から聞いてないですか？　元々この場所は茜山《あかねやま》の東のお寺さんの敷地だったんですよ。そこに源泉が湧いて旅館にしたから、神が降りるとか、湯に浸かりに来るとか言われていて……だから簡単に建て直すわけにもいかないそうで」

初めて聞く話だ。一軒だけぽつんと高台に建っているのを不思議には思っていたけれど、見晴らしのよい場所に移るために山を切り開いたのだとばかり思っていた。

「もしかして、それで茜谷の人はみんなこの旅館を特別だと……」

かさりと地面の鳴る音が聞こえ、穂積は振り返った。

「声がすると思ったら……邑田さん、お客さまになにをさせてるんですか」

いつもの着物姿の朱川が立っており、叱責口調に邑田はうろたえる。

「お、女将さん！　いやね、私がノコギリを上手く使えずにいたら、穂積さまが手を貸してくださって」

「長田《ながた》さんに頼めばいいんですよ。こんなときのための男手なんですから」

「でも、長田さんは役場に用事があるとかで今日は朝から出かけてて」

「とにかくお客さまにお願いすることじゃありません。あとは私がやっておきますから、土産物《みやげもの》コーナーの手伝いをお願いできますか。今日は工房からの納品が多くて、今みんなで手分けして荷解《にほど》きをやってますから」

女将の言葉に、邑田はそそくさと退散するように母屋《おもや》へと去って行った。

構わず穂積が竹樋《たけどい》作りの続きに戻れば、朱川は困惑した声を発する。

「穂積さまも、どうぞお戻りになってください」

「これは男のやる仕事なんでしょ？　女将さんは女じゃないんですか？　女の人に力仕事をさせるわけにはいきません」

「……都合のいいときだけ女扱いですか」

自分が作業をすると言っているのに、べつに都合はよくないと思う。

「そういうわけじゃないですけど、女将さんはほかにも仕事がたくさんあるじゃないですか。俺は暇ですから、手伝わさせてください。タダで泊まらせてもらっていたお礼です」

「仕事はいいんですか？　部屋で記事をまとめているところなんでしょう？」

「そっちは……まぁ、行き詰まってますから。パソコンと睨《にら》み合ってても、しょうがないっていうか……」

誰のせいとは言わないが、仕事について語ろうとすれば、どうしても嫌みっぽい話になってしまう。

朱川は溜《た》め息《いき》をつきつつも、それ以上追い払おうとはせず穂積の隣にしゃがんだ。切ったばかりの竹を拾い上げながら、ぼそりと零す。

「頑固だねぇ、ホント可愛げがないったら」

穂積ははっとなった。これほどの至近距離で、まさか聞こえないと思って呟いたわけではないだろう。皮肉に違いないけれど、驚いたのはそこじゃない。

言葉に既視感がある。ふと昔のことが思い出された。

助けられたときにも、こんな会話が確かあった。

また熱中症にならないようにと、忠告してくれたときだ。

『そこの入口に立ってれば、日陰でまだいいんじゃないのか？』

彼が指で差し示した場所に、穂積はペットボトルの水を飲むのを止《や》めて首を振った。

『そこは向かいのビルの敷地です』

『向かいのビルって……空きビルじゃないか。警備員が飛んでくるわけじゃあるまいし、人っ子一人いないのに文句出ないだろ』

道路側に窓はなく、一見して空きビルと判るほど寂れてもいない建物なのによく知っているなと思った。けれど、たとえ無人のビルだろうと穂積にはあまり関係はない。

『文句を言われなくても、よその敷地ですから』

『おまえなぁ、世の中は持ちつ持たれつで成り立ってるんだよ。車をUターンさせるときだって、よそのビルの駐車場にちょいとケツ突っ込むことあるだろ』

『それも厳密にはやってはまずいんじゃないでしょうか。現場に苦情が入ったりすると、迷惑かけることになるんで』

『おいおい、バイトが倒れても誰も飛んでこないような現場に遠慮する必要あるか？』

『べつに遠慮はしていません』

迷惑をかければ、クビにならないとも限らない。最終学歴が中学校の身では割のいいバイトがどれほど貴重かなんて、このスーツの男にはきっと判らないのだろう。

そんな思いを抱きつつも、一方で彼の言葉は嬉《うれ》しかった。

縁もゆかりもない、通りすがりの男。自分のことをなにも知らず、同情する義理もない。だからこそ本気で心配してくれているのだと、素直に認められたのだろうと思う。

『頑固なやつだなぁ、可愛げねぇったら』

一筋縄では『うん』と素直に頷かない穂積に、彼は苦笑して言い、欠点を指摘されながらもやっぱり嫌な気分にはなれなかった。

今と変わらず——

「へぇ、上手いもんだな、綺麗《きれい》に切れてる。あとはもう繋げていくだけ？」

竹樋を地面に並べた朱川は、独りごちていたかと思えば声をかけてくる。『客だ』の『手伝うな』だのと言いながら、いつの間にか口調がぞんざいなタメ口になっている。

そっと隣を窺って横顔を盗み見ると、気配を察した朱川もこっちを見た。

「なに？」

「……いえ、なんでも」

慌てて手元に視線を戻す。

丁重よりも粗雑に扱われたほうが嬉《うれ》しいなんて、自分は変なのだろうか。

小柄でやや童顔でもある穂積は、日頃から人にはあなどられがちだった。女ならまだしも、男は特に仕事の面において年相応でないのはマイナスに働く。コンプレックスでしかなく、落ち込むことはあっても喜ばしいなんて感じたことは一度もない。

こんなのは朱川だけだ。

「それは、まだ節目をくり抜《ぬ》かないとなりません」

気を取り直して説明すると、めんどくさそうな声が返ってきた。

「ああ、そうか、結構大変だな。取り寄せの雨樋、もっと早く送るように強く言っておけばよかった」

女将というより、ごく普通の男の反応だ。

思い過ごしかもしれないけれど、やっぱり朱川は変わった気がする。昨日の朝食の打ち明け話も関係ないと突っぱねられはしたものの、無下になかったことにされている感じはしない。

どこか見えないところで距離が近づいたなんて思うのは、楽観的すぎるだろうか。

淡い期待をしてしまう。昔と同じ言葉を口にする朱川は、本当はやはりあの日のことも覚えているんじゃないか。腹を割って話せば、そのうち彼も——なんて。

ちらちらと隣を窺う目線に気づいてか気づかずか、作業を手伝う朱川は涼しい顔だ。

「そうそう、『しぐれ工房』のご主人から伝言。戻って来てるなら、また工房に顔を出せってさ」

「え？」

「さっき、土産品を卸しに来てくれて、おまえがまた来てるって話をしたらそう言ってたんだよ」

ガラス工房の主人だ。取材に行ったときは、職人らしく寡黙で口数の少ない男だったけれど、次々と生み出される細工の妙に見入っていたら、帰り際に『今度、一つ作ってみるか。時間のあるときなら教えてやる』と言われた。

ただのリップサービス、社交辞令とばかり思っていたけれど。

「随分、気に入られたもんだな」

朱川は感心したようにそう言って笑んだ。

「うまく花が沈んでる。色形もいいし、上出来じゃないか」

『しぐれ工房』の主人はそう言いながら、穂積の作ったトンボ玉を、白いビーズのような除冷剤の中へ入れた。冷ますのには小一時間ほどかかるという。

この道三十年という、ガラス細工のベテラン職人に工房で教えてもらったのは、『水中花』というデザインだ。その名のとおり、ガラスの中に花が閉じ込められたように見える。

トンボ玉は基本、様々な色のガラスの組み合わせで模様を生み出す。一見筆で描いたように見える花も、細い棒の先で一つ一つ打ったガラスの丸い点を、のばしたり引っ掻いたりして花びらに変えた模様だ。花の中心の押し込み具合で、種類も違って見える。

黒く澄んだガラスをベースに、載せた青みがかった白い花びら。桔梗《ききょう》のつもりが押し込みすぎて百合《ゆり》になってしまったが、ベースには金のラメのガラスも使っているため、品よくまとまった。仕上げに透明のガラスを何度も巻いて成形し、花を水に沈めたように見せる。

除冷剤の銀のバットを見つめ、穂積は応えた。

「教えていただいたとおりにやっただけですから。けど、教えてもらっても、お手本と同じにはならなかったんですけど」

穂積の言葉に、自らの作業に戻りながら主人は苦笑した。

「寸分違《たが》わないものなんてできやしねぇよ。表情がそれぞれ違ってくる。昔は俺も同じにしようと躍起になったもんだが、今は違っていいんだと思ってる。表情まで同じなら、機械で作るのと変わらねぇからなぁ」

「確かにご主人の同じ作品でも、一点一点少しずつ印象が違って感じます。俺のは、今日は運よくいい柄が入ったってことですね」

「そうそう、運は大事だ。摑んだときは大事にしねぇと」

「はい」

「そうだ、そのまま記念にするのもいいが、なにかパーツをつけるか？　いろいろあるぞ、携帯ストラップとか、キーホルダーとか……」

目線で示された棚に穂積は歩み寄る。工房はそう広くはなく、棚にはびっしりと材料が詰まっている。開かれたままの引き出しには、無数のパーツが箱に仕切られて収まっていた。ほとんどはアクセサリーにするためのもののようだ。

「でも、俺の携帯はスマートフォンで、ストラップ穴がないんで……」

そう応えながら覗き込んだ引き出しに、棒状のパーツがいくつもあり、目を留めた穂積は手に取ってみた。

「かんざしか。そうだな、彼女の土産にするのもいいかもしれんな」

「あっ、いえ、そういうんじゃなくて……世話になってる人がいるので、どうかなとちょっと思ったんですけど」

言い訳めいた言葉を信じてくれたのか判らないけれど、主人は作業の手を止めてこちらを見ると含み笑った。

「かんざしは軸の種類がいくつかあるが、どれがいい？」


工房を出るとだいぶ時間が過ぎていた。

トンボ玉を作るのにも時間がかかったが、軸選びにも迷った。朱川に贈るならあまりカジュアルな色合いもと思い、アンティーク調の真鍮の一本足を選んだけれど、実際に渡せるかどうかはまたべつの話だ。

——素人の手作り品なんて、渡されても困るだけじゃないのか。

そう迷うも、主人の言った『運』という言葉も引っかかる。いつまでも運は自分に味方して、この町——朱川の近くにいられるわけではない。

穂積はどことなくまだ温かい気のするかんざしを、上着のブルゾンの胸ポケットにそっと収め、路地を走った。

冷たい雨が身を打つ。帰りまでもつかと思っていたけれど、空は崩れ、まだ午後三時を回ったばかりとは思えないほど辺りは薄暗い。普段は側溝から立ち上る湯煙が情緒たっぷりの通りも、湯気なのか雨が煙《けぶ》っているだけなのか判らないことになっている。

雨脚が強くなり、穂積は転がり込むように傍らの建物の軒先に入った。

「……まいったな」

濡れた服から雨粒を払い落としていると、ふと建物入口の扉が開いているのが目に留まった。

ここはいつも閉まっていた洋館のギャラリーだ。戸に『休館日』の札がかかっておらず、そっと覗く。初めて目にした前庭は石畳も樹木もしっとりと雨に濡れており、その先の観音開きの扉が片方だけ開け放たれた玄関へ、誘うように続いている。

穂積はふらふらと敷地に入った。左右からアーチのように張り出す庭木が雨よけとなってか、急に雨が弱まった気さえする。もう諦めかけていた場所だけに、狐《きつね》にでもつままれた気分だ。

勝手に踏み込んでいいものか。玄関口で迷っていると、右脇の部屋にいた女性と格子の窓越しに目が合った。

少々戸惑った様子で出てきた彼女は、三十前後くらいの、品のいいツイードのワンピースを着た女性だ。ギャラリーを管理する祖父が入院中のため、しばらく休館していたのだという。

「そうでしたか、では出直したほうがいいでしょうか？」

一抹《いちまつ》の期待を残しつつかけた問いに、女性ははにかんで一つ結びの髪を揺らし、首を横に振った。

「いえ、どうぞよかったらご覧になってください。祖父のように詳しい説明はできないと思いますけど」

「構いません、ありがとうございます。あの、実は僕……」

穂積が名刺を差し出し、茜谷へは取材で来ている旨を告げると、彼女は驚きつつも快く見学を了承してくれた。茜谷ではすっかり存在を知られてしまった穂積だが、東京から戻ったばかりという彼女は、なにも知らない様子だ。

もう茜谷を出て十年になるそうだから、住民との付き合いも減って当然か。

「ギャラリーはこの母屋の洋館だけで、今も裏の離れは祖父の家です。広い建物は管理も大変ですから、本当は誰か戻ってきて手伝うべきなんでしょうけど……私も嫁いでしまって、ここへはなかなか」

「戻られたのは、久しぶりなんですか？」

「そうですね……去年の春以来です。あっ、でも父と母はもっと頻繁に来ていますよ。ここへ戻るとやっぱりほっとします。子供の頃は古臭い家で恥ずかしいなんて思ったこともあったんですけど」

なんとなく判る気がする。人はいつから古いものに憧憬《しょうけい》を抱くようになるのだろう。登録有形文化財にも指定されているだけあり、中に入るだけでも価値のある素晴らしい洋館だ。大正時代に建てられた当時は、珍しい湯治のできるモダンなホテルとして、多くの流行に敏感な客を迎えたのだろう。今でこそ価値があると一目で称《たた》えられるが、次々と古ホテルが廃業と同時に壊され、消えていく中、時代の流れに逆らうようにこういった建物が残るのは奇跡とも言える。

壁には歴史を伝えるモノクロの写真が貼られていた。茜谷の記憶だ。源泉の掘削工事の写真なのか、巨大な温泉櫓《おんせんやぐら》を前に得意げに立つ男たち。今はなき、ユンボで解体されたホテルのまだ現役だった頃の雄姿。

坂の上のあけ川荘の写真もある。穂積は棚に置かれたアルバムをふと手に取った。町の行事を中心に写した写真のようだ。春は観桜会、夏は灯籠《とうろう》流し、茜谷の祭りにはあまり独自性はないと聞いているが、こうして見ると年間を通して様々な行事がある。

アルバムの分厚い台紙をパタリパタリとめくっていた穂積は、夜店の写真で手を止めた。

「この写真……」

どこかで見たような写真だと思えば、湯の月堂で見せてもらったあの夏祭りのものだ。

「ああ、それは毎年川縁でやっている夏祭りのものです。最近はすっかり規模も縮小してしまったそうなんですけど、この頃は盛んで子供たちはみんな毎年楽しみにしてて……あっ、これが私です」

彼女は気恥ずかしげに写真の隅の少女を示す。

「えっ、隣は湯の月堂の多恵《たえ》さんと信也《しんや》さんですよね。同級生だったんですか」

「あら、ご存じなんですか?」

「ええ、築山《つきやま》さんのところでも同じ写真を見せてもらったんです」

しかし、同じと言ってもアングルや写した場所が違っていた。撮影者が違うのかもしれない。穂積はそろりとした手つきで、一枚の写真を指す。

「この子は朱川さんのところの?」

狐の面を被《かぶ》った少年。湯の月堂で見たものと違い、写真の端の少年はしっかりと顔を上げており、目線こそ合っていないが表情まで写り込んでいる。

「ああ、千瑞《ちず》くんです。こっちが千晶《ちあき》さん。二人ともそっくりでしょう。双子なんですよ」

初めてはっきりと目にした。千晶をそのまま映し込んだようなその顔立ち。

けれど、印象はまるで違っていた。どの写真も千晶が天真爛漫《てんしんらんまん》な笑顔であるのに対し、千瑞という名の小柄な少年に笑みはない。どれも薄暗い眼差しをしており、その場から逃げ出したいと訴えかけてでもいるみたいな、身の置き所のない表情をしている。

「どうかしましたか?」

アルバムをじっと見据える穂積に、彼女は怪訝そうに尋ねた。

「……いえ、女将さんに弟さんがいらしたなんて初めて聞いたもので」

嘘をついた。

嘘をつくのはあまり得意ではない。相手の目を見つめ返せないまま、視線を落としてアルバムを捲《めく》る穂積は、息を詰めて反応を探る。

「えっ、そうなんですか？　まぁ、千瑞くんは表に出たがる子じゃなかったし……今は旅館は千晶さんが一人で切り盛りしてるんでしょう？」

「ええ、まぁ」

「千瑞くんは高校卒業と同時に茜谷を出たんです。この町はあまり居心地がよくなかったのかもしれませんね」

「どうしてですか？」

どこの田舎《いなか》も若者には退屈なものだ。この洋館を彼女がただ古臭いと感じていたように。

その程度の答えが返ってくるとばかり思ったのに、彼女はしばし沈黙した。

「茜谷が同じものを嫌う話は聞きましたか？」

「え、ああ……幸せを二分するからって話ですよね。たしか土砂崩れをきっかけに」

彼女は軽く首を振る。

「ただの縁起担ぎとは違うんです。なにしろ谷を二分した土砂崩れで、この町は一度死にかけてるんですから」

「死にかけ…って……」

「湯枯れは温泉町にとっては死活問題です。何百年も前の時代ではなおさらでしょう。お寺のお坊さんたちが、ひと月の間寝ずの読経で祈りを捧げて、最初に湧出して戻った源泉が今のあけ川荘の青湯だと言われてます。当時は、そこはまだお寺の敷地だったんですけど」

「じゃあ、その源泉を生かすために旅館が移転を？」

「ええ、お坊さんが旅館にするよう夢のお告げを見たとかで。だからこの町では、ただの縁起担ぎなんかじゃないんです。これを見てください」

彼女は壁の上部にかけられた額を指差した。

額の中のモノクロ写真には、片方の柱しかない不安定な姿の鳥居が映っている。

「これは？」

「昔のお寺さんの鳥居です。壊れてこうなったんじゃないんです、一本鳥居って言って、最初から柱が片方しかない鳥居なんですよ。うちの観音開きの玄関も、片方だけ開けているんじゃなくて、もう一方は作りつけで開かないんです。この町の古いものにはいくつかそういった名残《なごり》が残されています」

今にも倒れそうに不格好で、不自然な形をした石の鳥居。ここまで来ると確かにただの縁起担ぎではなく、独特の風習だ。

しかし、住民たちは進んで語ろうとはしなかった。

「鳥居は危ないって意見が寄せられて、今は普通に二本になっています。この町もいつまでも古い習わしに縛られているわけじゃないんです。でも、あけ川荘にとっての双子がどんなものだったか……」

視線を感じ、穂積は写真を仰いだ顔を隣に向けた。彼女は『お判りになりますよね』といった眼差しで、じっとこちらを見ている。

「朱川さん……千晶さんと千瑞さんは一体、どんなふうに育ったんですか？」

穂積は固唾《かたず》を飲み、彼女の言葉を待った。


世が世なら、捨てられていてもおかしくなかったとギャラリーの彼女は語った。

夏祭りには千晶が連れてきたらしい。強引でも弟を遊びに誘うほど、姉弟仲は悪くなかったらしいが、家ではいろいろあるに違いないと町の誰もが感じていたという。

しかし、誰も口にはしない。言葉にはできない。当時の大人たちにとって、あけ川荘が絶対的な存在であったから。

一本柱の鳥居。片方しか開かない扉。少年にもかかわらず、少女の千晶よりも小さな千瑞の暗い眸。目にしたものが、ちらちらと断片となって脳裏を過《よぎ》る。ギャラリーで借りた傘が降り注ぐ雨を遮ってくれていたが、穂積はもたもたと歩いていられず走り出した。陰鬱《いんうつ》な思いを振り切ろうとでもするように。

右足で地面を蹴り、左足でも地面を蹴る。美しく張られた石畳の道。雨飛沫を上げながら走る穂積の息はあっという間に上がり、あけ川荘へ続く階段を上り切る頃には、胸が苦しくて苦しくて、裂けるのではと思うほどに痛んだ。

息ができない。まるで罰を受けたあの夏の日に、いらないものとして小さく狭まった世界に押し込められたときのように。

『似た者同士ですね』

この町に来たばかりの日に朱川の言った言葉がふと思い起こされた。

「お帰りなさいませ」

あけ川荘に戻って母屋に入ると、受付の小さなカウンターの傍に朱川と仲居がいた。

「……ただいま」

「あら、傘はどこかで借りられたんですか？　ひどく降り出したから気になって……」

女将らしくかけられる言葉の数々に、穂積は返す言葉も出なかった。だらだらと雨水の溢れるビニール傘を入口の傘立てに差し、ふらふらと二階の部屋へ向かう階段を目指してロビーを過ぎる。

無視したように歩き去る穂積は、怪訝な眼差しを向けられても反応できないほどの有り様だった。それでも、部屋に戻ると濡れた髪や服もそのままに座卓に向かった。

ノートパソコンを開く。知った事実をまとめねばと思った。

——伝えなければ。誰に？

自身への問いかけに応えはない。記事を朱川は望んでいないだろうし、許されるとも思っていない。実際、こんな記事を表に出したいのであれば、裏を取っていかねばならない。現実的に実現は不可能と感じながらも、それでも、自分の気持ちを整理するために文にする作業が必要だった。

単なる歴史の一つとして記述していた過去の災害に、あけ川荘の成り立ちを加える。因習の生んだ悲劇。どういう理由か、虐《しいた》げられた存在であったはずの弟が、今は茜谷を守り続けている。

多恵は何故、嘘をついたのか。

あと狐の面を被った少年を、知らないなどと言ってとぼけた訳。知らない振りをするのは、裏を返せば知っているからだ。

なにを。

一つの考えが、穂積の身を支配する。

「……そんな、まさか」

自ら疑念を生んでは否定する。淡く浮かぶシャボンを割るように。けれど、いくつ割っても、シャボンはまた新たに浮かんでくる。

穂積は取りつかれたようにキーボードを叩いた。いつの間にか表は暗闇に沈み、雨脚は打たれる窓が震えるほどに強くなっていたが、それにも気づかずにパソコンの画面を見据えた。

背後で物音がしたのも、一度目では判らなかった。

二度、三度。襖《ふすま》を叩く音が響いて、はっとなる。

「すみません、穂積さま……」

振り返ると、ちょうど声をかけながら仲居の邑田が襖を開けて顔を覗かせたところだった。

『わっ』と声こそ上げなかったが、心臓が止まりそうに驚いた。それは向こうも同じだったようで、板の間に正座をした邑田は、『ひっ』と軽く身を引かせる。

「すっ、すみません、何度もお声かけしたんですが……」

中へ入ってくるつもりはないようだったけれど、焦ってノートパソコンに手をかけ画面を閉じた。

「あっ、はい、なんでしょう?」

「ご夕食の時間を過ぎておりますので」

「えっ」

言われて初めて気づいた。座卓に置いた携帯電話で確認すると、約束の夕飯の時間を一時間も過ぎている。

「穂積さま、どうかなさったんですか?」

「え……ああ、ちょっと作業が忙しくて。すみません、すぐにこれから行きますから」

「では、お待ちしておりますね」

胃袋は動きを止めてしまったかのように空腹も感じない。このまま書き続けていたかったけれど、そういうわけにもいかず、穂積は後ろ髪を引かれる思いで一旦パソコンを閉じて階下の食事処へ向かった。

毎夜感動している食事の味もよく判らず、流れ作業で詰め込むような夕飯を終えて、再び部屋へと急ぎ戻る。パソコンに向かううち、散らばったピースのようになっていた、これまでの書きかけだった茜谷の記事も一つに織り上げるように繋がりを見せた。

夜が更ける。

穂積は時計を確認することもなく、作業を続けた。書かなければならないのではなく、書かずにはいられない。いつの間にかただの仕事ではなく、文字に置き換える作業が、思いを消化する方法の一つとしてしっくりくるようになった。

誰に見せることもない、埋もれた自己満足の記事になると知りながらも夜を徹して書き続け、終える頃には窓の外は白々と明けようとしていた。

長い夜が明ける。曇り空だが窓を打つ雨は止んでおり、明かりを点《つ》けたままの部屋が白く染まっていく。

穂積は気がつけば畳の上に横たわっていた。

いつ眠ってしまったのか判らない。書き終えた文を読み返している途中だったと思うけれど、定かでない。

誰かが何度も自分を呼んでいる気がした。夢うつつで目蓋を起こせば、ぼんやりとした朝日の中に、声の主の顔が浮かんで見えた。

「……朱川さん」

呼んでくれていたのか。だったらいいなと、寝ぼけた頭で考える。美しい山の稜線《りょうせん》のように、鼻梁が高くすっと通った端整な横顔のライン。『綺麗だな』とうっとりと心に思い、微笑《ほほえ》もうとしたとき、横顔がこちらを向いた。

「……なんだこれ」

どういう意味なのか、すぐに判らなかった。

旅館の客室、畳に寝転がった自分。樺《かば》の無垢材《むくざい》の座卓に、その上の——

「あ……」

血の気が引くとは、きっとこんな瞬間を言うのだろう。穂積は飛び起き、傍に膝をついて座った朱川は、開きっ放しのノートパソコンを見ていた。

窓の外は明るい。もう夜明けとは言えない時刻なのは確かで、昨夜のように食事に来ない自分を気にかけて朱川がやって来たのであろうことは窺い知れた。

そしてなにが起こってしまったのかも。

「なんなんだ、この記事は？」

「それは……」

「茜谷に残された風習？　温泉旅館に生まれた双子の守り人？　おまえが俺のことを知りたいと言ってたのは、こんな駄文を書くためだったのか。暴露本でも出すつもりか？」

「ちっ、違いますっ、そんなつもりじゃ……暴露なんて……」

昨夜から点けっぱなしのパソコンの画面は、今もカーソルを点滅させている。朱川の目についたのは、あけ川荘の双子について触れる冒頭の文章だった。その部分だけを読めば、シヨッキングとも言える秘密。

「おまえの仕事が三流週刊誌の記者の真似事だったとはね。ゴシップ書いて、他人のプライバシーを晒《さら》して、笑い者にするのがおまえの仕事か！」

静かな怒りを爆発させるように朱川は言い放った。朱川の許可が下りなければ、人目につかせるつもりのない内容だったが、彼にとってはどちらでも同じなのだと察した。

けして唱えてはならない呪文。大衆の面前で放とうと、山奥で一人そっと呟こうと、それが世界の終わりの呪文であるなら同じこと。

自分はそれを、言葉にして綴《つづ》ったのか。

「こそこそと人の周りを嗅《か》ぎ回って……茜谷を駆けずり回って、秘密が知れて満足か⁉」

パソコンに手をかけられ、はっとなる。画面の上部をぐっと握り締め、険しく睨み据える朱川の眸は僅かに揺れていた。バッと手を離したかと思うと、こちらを見ようともせずに立ち上がる。穂積は、そのまま歩き去ろうとする男の着物の袖を縋るように摑んだ。

「朱川さんっ、待っ……待ってください！　これはまだ載せるつもりで書いたわけじゃありません。勝手なことをしたのは謝ります。でも、このままでいいんですか？　本当にこのまま、偽った生活を続けていくつもりなんですかっ？」

「……おまえの知ったことか！」

「そんなことっ、今はどうにかなっても、いつかは終わりが来ます。必ずっ……」

仰いだ男の顔は冷ややかなままだった。振り解かれまいと、臙脂色の着物を強く握る。

「俺っ……千晶さんを見かけたかもしれないんです」

「……は？」

言葉に、朱川は微かに眸を瞠《みは》らせた。その表情から、姉の居場所を知らないのだと確信した。少なくとも、ずっと朱川が一人で旅館を仕切っている以上、千晶は戻って来てはいない。

「きっと、朱川さんのお姉さんです。東京に戻ったときに日比谷《ひびや》駅のホームで、あなたにそっくりの女の人を見ました」

「それが千晶だったらどうだって言うんだ」

「あ、会いたくはないんですか？　会ってないんですよね？　どうして……」

「べつにどうでもいい。あけ川荘にはもう関係のない女だ。ふん、よかったな、決定的な証拠に会えて」

「朱川さん……」

「袖を離せ。それを公表したいなら、好きにすればいい。俺はおまえと、おまえの会社を訴える」

じっと見つめ合ったのは、どれほどの間だったのか。一瞬だったのかもしれないし、もう少し長かったのかもしれない。

畳に座り込んだ穂積の手から、憑《つ》き物でも落ちたかのように力は抜け、するりと着物の袖は抜き取られた。朱川は部屋を出て行き、穂積はしばらくの間その場で放心し続けた。

じっとしているだけなのに、時間の経過と共に胸苦しさは増した。

胸が痛い。坂の階段を駆け上ったわけでも、ぶたれたわけでもないのに、朱川の言葉一つで心に傷がつく。

朱川に憎まれるのが苦しい。嫌われるのは怖い。

でも、それ以上に彼を傷つけてしまったのが判った。穂積は支えを失ったように、ゆるゆると頭を畳に向けて深く落とした。

「……ごめんなさい……ごめんなさい、朱川さん」

届くわけもないのに、呟かずにはいられなかった。

雨は止んだものの、翌日になっても穂積の気持ちは晴れなかった。

朱川は穂積とは目も合わさなくなった。正確には、顔を合わせれば言葉も笑みもかけて接してくるが、端々まで女将としての義務に過ぎないとその眼差しが語っていた。

いつも遠くを見るような目だ。穂積を見ておらず、近づいたはずのその心が、手の届かないところまで遠くに行ってしまったのを感じた。旅館の玄関口で一見《いちげん》の宿泊客に接している姿のほうが、まだ心が伴い親しげだと思えるくらいだ。

朱川の笑顔を窺うだけで、また胸が痛くなる。

自分にはもう心から向けられないであろうことが、自業自得であるとはいえ哀《かな》しい。

若き美人女将の切り盛りする温泉宿に、穴場の散策スポットと名物料理。そんなありふれた観光紹介であれば、誰も傷つけることなく記事を書けるのにと自分でも思う。秘密を暴き立て、穏やかな日常を壊すなど、朱川の言うとおりまるでゴシップ誌のすることだ。

——でも。

公園のベンチに座った穂積は空を仰いだ。

久しぶりの快晴だ。けれど、もう青くはない。夕暮れも近づき、空は一面淡く黄味がかって見える。ぼうっと呆《ほう》けたみたいに空を仰いでいると、足元では水面を漂う落ち葉が風に煽られて、ちくりと素肌を刺した。

ジーンズの裾を捲《まく》り上げた穂積は、一度も利用したことはなかった足湯に両足を入れて座っていた。

湯は想像よりも温い。

「これ、一度足入れると抜きにくくなってしまいますね」

隣には今日も饅頭《まんじゅう》屋の隠居老人の玉二郎《たまじろう》がいたが、相変わらず返事はなく、会話にならない独り言だ。

こうしてベンチで肩を並べるのもおそらく今日が最後になる。

週末を待たず、穂積は明日には東京へ戻ることになった。『土日は満室になるので部屋を出てくれ』と朱川に言われたのだ。急な話で本当かどうか判らない。追い出すための口実やもしれない。どのみち滞在を続けるのも限界で、編集長からも週明けには戻れとどやされている。

朱川の許可が望めない以上、記事は旅館の成り立ちどまりで、当たり障りなくまとめるしかない。

それでいいのだと自分を納得させようとしても、釈然としない気持ちが残る。

張りめぐらされた石畳や公園の地蔵のように、表面ばかり整った湯の町として、ほかの温泉地と変わらず茜谷も紹介する。時代に合わせたまちづくりとは、一歩間違えば個性を捨て去るということかもしれない。

ちゃぷんと音を立て、穂積はふやけそうになった足を湯から出した。タオルで拭いてスニーカーを履くと、ショルダーバッグを肩にかけ、公園の出口に歩み寄る。しばらく誰も立ち寄っていないのか、湯かけ地蔵の頭は乾きかけた灰色になっていた。

『カッパの皿みたいだな』なんて少し思いつつ、乾かぬよう柄杓《ひしゃく》で石の鉢に湧き出ている湯を何度もかけた。

ご利益《りやく》なんてあるのかないのか、客寄せの胡散《うさん》臭い地蔵だと判っていながらも、やはり前に立つと手を合わせたくなってくる。

(無事に本が発行できますように)

最初に手を合わせたときと変わらず、まずは出版の無事を願う。

それから——

(あの人と、あの旅館が……)

一度、地蔵の丸い顔を見た。穏やかな表情をした地蔵に向け、もう一度手を合わせようとしたところ、不意に背後から声がかかった。

「願い事すんなら、ほんもんの地蔵さ会いに行かねぇと」

驚いて振り返る。

いつの間に傍に来ていたのか、玉二郎が後ろに立っていた。話しかけられるなど初めてだ。度々懲《こ》りずに声をかけ、煎餅《せんべい》屋の一件では期せずして丸く収める手助けもできたりして、ついに存在を認められたのか。

穂積は戸惑いつつも、その内容に気を取られる。

「ほ、ほんもんって……本物があるんですか？」

「あるさ、あの坂ん上になぁ」

「坂の上って……あけ川荘じゃないですか」

玉二郎のどてらから伸ばした手が示しているのは、商店や旅館の屋根の向こうに覗く階段の坂と、その先に構えた温泉宿だ。

「あけ川荘に地蔵はありませんでしたよ。雨樋の修理で裏庭にも入りましたけど……」

「あるさ、訊いてみればいい、朱川の坊ちゃんに」

「え？」

穂積は目を瞠らせ、玉二郎もしまったとでも言うように、その萎《しぼ》んだ風船みたいな目蓋を見開かせた。

「おじいちゃん、今……」

「なっ、わっ、わしをじいちゃんと呼ぶか、このクサレ坊主がっ！」

「あっ、すみません、いやそうじゃなくてっ……呼んだのは謝りますから、それより築山さん、今！」

「年寄り扱いしくさって、おまえなんぞにもうなにも教えてやらん！」

どてらの袖を摑もうとすると、激しく揺すって引き離された。年寄り呼ばわりを怒っているというより、都合の悪い事実をうやむやにしてしまおうとでもいう勢いだ。

いわゆる逆切れ。そのままノシノシと荒い足取りで公園を出て去って行こうとする玉二郎を穂積は追いかけ、どこからともなく響いてきた音にどきりとなった。

サイレン音だ。ぐんぐん近づいて来る。

小さな四つ角から飛び出すように曲がってきたのは、白い車体に赤い警告灯を光らせた緊急車両だ。

「危ないっ！」

「わっ……！」

普段は交通量の少ない細い通りで、スピードを落としてもまだ路地いっぱいに走る車に、思わず玉二郎のどてらの背を引っ張った。

「救急車……なにかあったのかな」

坂を下りて行く後ろ姿を見つめ呟く。普段は静かな温泉町だ。パトカーさえまだ走るのを見たことがない。じっと見送るも嫌な予感がしてならず、びっくりした猫のように放心している玉二郎をその場に残し、穂積は石畳を走り出した。

サイレンで方向は判るとはいえ、相手は緊急走行中の救急車で、走って追いつけるものでもない。けれど、曲がりくねる下り坂をそう走らないうちに一度は消えた後ろ姿を視界に捉《とら》えた。

停《と》まっている。サイレンの音も消え、赤い警告灯だけを光らせる救急車が停車しているのは、外湯のかまくら蒸しの前だった。到着を待ちかねていたのか、臙脂の大きな暖簾《のれん》のかかった建物の周辺にはすでに人だかりができており、車から降りた救急隊員が中へと駆け込んでいく。

立ち止まって様子を見ている観光客らしき中年夫婦に、なにがあったのか尋ねた。

「どうもね、サウナでお客が倒れたらしいよ」

「えっ……」

サウナとは、あのピザ窯《がま》のような『かまくら』のことだろう。

瞬間、自分が倒れたときのことが頭を過った。じりじりと肌を焼くようにまとわりつく、高温の蒸気。喉を狭窄《きょうさく》されたような息苦しさと、薄暗く天井の低い窯のような小部屋の切迫感。

恐怖心は足元からせり上がるみたいに蘇《よみがえ》ってきて、膝が震えそうになる。

救急隊員が車の後部ドアを開けてストレッチャーの準備を始め、ほどなくして若い女性が乗せられて出てきた。もう一人、隊員が中から連れた女性は、付き添いかと思ったけれど、こちらも肩を支えられていて具合が悪そうだ。

再びサイレンを鳴らし始めた救急車が走り出す。暖簾を片手で捲《めく》って入口で見送る人物に穂積は目を留めた。

「朱川さん」

女将姿の朱川がそこには立っていた。

目が合い、咄嗟に駆け寄り声をかけた。

「どうしたんですか？」

「ああ……蒸し風呂で気分が悪くなったお客さんがいましてね」

「あ、朱川さんは、何故ここに？」

朱川だけじゃない。饅頭屋の多恵や、煎餅屋の女主人や、見知った顔ぶれが十人近く『かまくら蒸し』の受付カウンター前の休憩処にいた。赤い布のかかった昔の茶屋のようなベンチには、万丈ホテルの大河原もどっかりと腰を下ろしている。

まるで集結したかのようだが、騒ぎを聞きつけて集まったのだろう。ほかのお客は帰したのか姿はない。

「千晶さんは、意識をなくしたお客さんをかまくらから出すのを手伝ってくれたんですよ。ちょうど来月号の『湯の町茜谷便り』を持ってきてくれたところで」

カウンターの傍に立つ従業員の婦人が掲げ見せたのは、茜谷の温泉組合が毎月発行している観光案内のミニコミ誌だ。『これを読めば茜谷のすべてがわかる！』といかにもなキャッチコピーが、表紙には添えられていた。

「お客さん、大丈夫だったんですか？　表でも具合悪くなったたって聞いて……」

振り返り見た暖簾の向こうの外では、何事かと集まった人たちが帰って行くところだった。救急車も去って元の静けさを取り戻すも、施設内で人が倒れたとあっては場合によってはかまくら蒸しは管理責任を問われることになる。

「一人はもうだいぶ落ち着いてましたけど、もう一人は気分が悪くて起き上がれない状態で……それが、二人ともお酒を飲んでたそうなんですよ。アルコールは厳禁だって注意書きにもでっかく載せてるのに。男性の酔っ払いは時々来るけど、女の子たちだからって私も油断して……」

あの注文の多い料理店のような案内板か。

普通のサウナでもアルコールは厳禁だろうけれど、旅先で羽目を外してしまったのかもしれない。

「千晶さんがいてくれて、本当によかったですね！」

愚痴を零しながらも責任を感じている様子の婦人に、多恵は宥めるように声のトーンを明るくした。

「ええ、本当に……今日は美津子《みつこ》さんがお休みで、田中《たなか》さんもちょうど出かけてるから、私一人じゃ二人も引っ張り出せたかどうか」

そういえば双子のようによく似たもう一人の従業員の姿がない。

「みなさん、どうもお騒がせしました」

ぺこりと婦人が頭を下げ、一段落。一様に胸を撫で下ろして安堵の表情かと思いきや、ベンチのほうで水を差す声が響いた。

「めでたしめでたし……かどうかは判らないいんじゃないかね」

「えっ、でも救急隊の人は大丈夫だろうって……」

「そういう意味じゃねぇよ。お客は若い娘さんたちだったろ。いくら緊急事態といっても、朱川に風呂から引っ張り出されたんじゃ、ショックも大きいんじゃないかと思ってさ」

意味深に語る大河原は、こんなときでも憎々《にくにく》しげに朱川を見る。

朱川はこちらに身を背けるようにして、乱れた着物の襟元を直していた。あの狭いかまくらから、二人も救い出すのは自分のとき以上に大変だったに違いない。普段は美しく結われたまとめ髪もほつれ、片側がだらりと下がってしまっている。

「どういう意味ですか、大河原さん?」

それでもいつもの毅然《きぜん》とした調子で応戦する朱川に、男は口の端に勝ち誇ったような笑いを含ませて言った。

「おや、判らねぇ?　女風呂に男が入るなんざ、セクハラっちゅうもんだって言ってんだよ」

「えっ……」

驚きの反応は誰が零したのか判らなかった。多恵か従業員か、もしくは自分が無意識に零した言葉なのか。

いつもの小競り合いが始まったぐらいに構えていた面々は、瞠目《どうもく》して大河原に注目する。

「おまえに裸見られたなんて知ったら、年頃の客は恥ずかしくてたまらんだろうよ」

「はっ、裸じゃありませんよ。うちは浴衣を貸し出してますからね！」

従業員の婦人が助け舟を出すも、完全に的外れだ。凍りついた空気は溶ける気配もない。

「なぁ、おまえはどう思ってんだ？　千瑞」

大河原の口から飛び出した名に、朱川はほつれた髪を耳にかけた。

「なんのことだか。大河原さん、まだ物忘れがひどくなるには早すぎやしませんかね。弟はもうずっと帰ってきてませんよ。私は女将の千晶……」

「そうやって、俺らをずっとだまくらかしてきたんだろうが！　まったく、とんだアバズレ……いや、とんでもねぇペテン師野郎だっ！」

勢いづいて立ち上がった男は、朱川の元に詰め寄るかと思えば、太く短い指で入口の前に立つ穂積をさした。

「こいつがな、おまえのこと嗅ぎ回っててピーンときたんだよ、俺は」

「え……」

今度は確かに穂積が驚きの声を漏らした。やはり名前を聞き出したりしたことで、疑いを向けられてしまったのか。

「大河原さん、俺はべつにそんなつもりでっ……」

慌てて口を開くも、確信した大河原はすでに穂積の言葉になど耳を貸そうともしない。

「千瑞なんてもうとっくにいねぇのに変だなって思ったさ。そんでよくよく調べてみたら、怪しいことばっかりだ。あんなに朗らかでいい子だった千晶が俺に刃向かってくるし、だいたい顔が似てるだけで、こんなデカい女がいるわけ……」

「ふっ、不仲は大河原さんが新しい組合作ったり、好き勝手やってるからじゃありませんか。そっ、それに千晶さんは子供の頃から背は高かったですし！」

大河原の独擅場かと思いきや、多恵が反論を始めた。大人しそうな顔をして急に声を張り上げて割り込んできた彼女に、あしらうような調子で男は続ける。

「ふん、今日のことではっきりしたよ。千晶はああ見えて非力だったからな。重いもん持てなくて、坂道で苦労してるとこを俺が運んで上まで手伝ってやったこともある。そこにいる偽女将は知りもしないだろうけどね。だから、女二人を風呂から引っ張り出すなんて絶対無理なんだよ、千晶ならな」

「ぜっ、絶対ってなんですか。おっ、女だってねぇ、やるときゃやれますよ。火事場のなんとかっていうじゃないですか！」

多恵に代わり、従業員の婦人が声を張る。大河原の繰り出す暴露話に、ほかの者はただただ固唾を飲んで突っ立っている有り様だ。

誰もこんな話が始まるとは予想だにしていなかったに違いない。具合の悪くなった客を心配して集まったことなど、最早忘れたような状況で、大河原は周囲に指をさして回る。

「はっ、おまえらいつまで騙《だま》されてんだ。あれか？ 洗脳とかいうやつか？ こいつは千晶を追い出して、あけ川を乗っ取ったペテン師なんだよ。大方、ばあさんに恨みでもあったんだろ。それともなにか、おまえ実は『こっち』の気《け》でもあったのか？」

それぞれを指さした手で、今度は気持ちの悪いしなを作って見せる。

いつもなら罵詈雑言《ばりぞうごん》で返すはずの朱川は沈黙していた。

突然真実を突きつけられただけでなく、ペテン師呼ばわり。茜谷に対しては責任感の強い朱川だ。嘘が明るみに出たことよりも、信じてついてきた住民たちへの裏切り行為であるかのように言われるのが辛《つら》いのかもしれない。

ゆらゆらとその切れ長の眸が揺れる。こんな表情を朱川がしているのを見たことがない。

動揺と自責の念。大河原はそんなものでは足りないと迫り寄る。

「千瑞、なんとか言ったらどうなんだ！ 言えないなら、その着物、ここで脱いで見せたらどうだ！ そうすりゃ、はっきり……」

「やめてくださいっ‼」

穂積は叫んだ。

「もう、やめてくださいっ！」

「おまえは関係ないだろ、余所《よそ》もんは引っ込んでろ！　これは茜谷の問題なんだ！」

追い払おうとする男の手を、穂積は撥《は》ね除《の》ける。ここで引くわけにはいかない。部外者と言われても、自分には大河原に知られるきっかけを作ってしまった責任がある。

あのとき、どうしても朱川のことが知りたくて——名前だけでも知りたいなんて、思わなければこんなことにはならなかった。

自分のせいだ。

「穂積……」

微かに呼ぶ朱川の声を背に、穂積は意を決して口を開いた。

「朱川さんは、みんなを騙したりはしていません」

「な、なに言って……現にこいつは千瑞なんだよ。おまえこそ、一番に気づいたんだろうが！」

「騙したりしてません。だって、みんなが知ってることですから」

「……は？」

大河原は、ぽかんとした顔になった。意表を突かれた表情だ。判りやすく唖然《あぜん》となる男を前に、穂積がその肩越しに視線を向けたのはエプロン姿の女性だ。

「そうですよね、多恵さん？」

指名するかのように声をかけられ、多恵はびくりと身を竦《すく》ませる。

「あなたもです。知ってるから朱川さんに助けを頼んだんじゃないんですか？」

多恵だけじゃない。

受付の従業員は、何故朱川に救いを求めたのか。今日だけでなく、自分のときも。あけ川荘の宿泊客だったとはいえ、呼べばほかの誰でもなく朱川自身が飛んで来るのは判っていたのではないか。

「あなたも、あなたも、本当は知ってるんじゃないんですか？　この町の何人もの人が知ってるんだ。玉二郎さん、あなただって！」

救急車が気になって、やっと追いついてきたのだろう。暖簾の隙間からいつの間にかそっと顔を覗かせているのは、玉二郎だ。

「さっき、俺に言いましたよね。『朱川の坊ちゃんに訊け』って。どういう意味ですか？　女将さんが千瑞さんだって知ってたから、ついうっかり言ってしまったんでしょ？」

玉二郎は目を逸らすも否定はしない。

誰もが反論はしなかった。

「ど、どういうことだ？」

大河原と同じく動揺している朱川の声だけが、後ろから響いた。

「朱川さん……俺のせいで、すみません。でも、あなたは騙し続けていたわけじゃない。自分を殺し続ける必要なんて、もうないんです。ここの人たちはいつからかみんな気づいてて……でも、あなたという存在が町からいなくなったら困るから黙ってたんです。この町を守ってくれてるのが、弟の千瑞さんだって本当はずっと知ってたのに」

最初に重い口を開いたのは多恵だった。

「ごめんなさい、この人の言うとおり……本当にあなたは悪くないの……千瑞さん」

ずっといつ開封すべきか迷い続けていた袋でも開けたかのように、後には従業員の婦人が続いた。『知っていたから、助けを求めてしまった』と。

密封してしまえば、それで中のものは永遠に変化しないわけではない。人や人の思いは同じでいられるはずがない。それぞれが抱えた秘密は発酵したように膨れ、封が切られてしまえば中に留《とど》まらせることなどできなくなる。

『実は』と後に続く。この町は一蓮托生《いちれんたくしょう》。口裏を合わせるでもなく、みなが一つ一つの小さな役割を果たすかのように、秘密を守っていたのだ。中には気づいていなかった者もいたけれど、誰も朱川を糾弾しようとはしなかった。

「なんだなんだ……なんなんだおまえらは！　組合のもんはみんなグルか、ペテン師仲間か？」

大河原の不満だけが、爆発し噴出する。

「やってられないな。どいつもこいつも上《うわ》っ面《つら》ばかりで調子合わせやがって。おまえらもう解散だ、みんな解散しろ、組合も茜谷も俺が守る」

「……守る？」

ずっと沈黙していた朱川が、ぽつりと零した。

朱川にとって、それは譲れない場所だったのかもしれない。背けかけた顔を戻し、大河原を見据える。鋭くなった眼差しは、身長のことなどよりよほど本来の性別を露わにした。

「大河原さん、どっちが嘘ついてんだよ。あんたのお仲間のほうが、もっと表沙汰《おもてざた》にできねぇことをやってるじゃないか」

「は……？　な、なに言って……」

「茜谷の信用を揺るがすような、重大な詐欺《さぎ》行為だ。あんたも知ってるんだろう。永泉屋の湯枯れのことだ」

周囲が息を飲んだ。

「ゆっ、湯枯れ⁉」

朱川の秘密の暴露よりも、よほど切実な問題とばかりに、一瞬の静けさの後にはどよめく。

「し、知ってたらなにが悪い。だ、だからあいつんとこに俺が湯分けしてやってんだ」

「それが本当ならね。引き湯管を辿ればすぐ判る話だ。もっとも、そんなものは辿るどころか存在してもなかったけど。永森《ながもり》さんはどうやって枯れかけた源泉の湯を湧かせてるんでしょうね。打ち出の小づちか花咲《はなさか》じじいだ。そんな魔法みたいな方法があるなら、知っておきたいもんです。まさかホース突っ込んで水道の湯を足してるなんて言いませんよね？」

追及の手を伸ばした朱川は一歩も引かず、怯《ひる》むどころか前へ出た。

ぐいと男に整った顔を近づけ睨み据える。

「おっ、おまえ、まさかあいつんとこに忍び込んで……」

「見てきたようだとでも？　じゃあ、本当のことだと認めるんだな」

「認めるか、アホ！　だっ、だいたい誰がペテン師の言うことなんて信じるもんか！」

「俺はペテン師じゃねぇ、ただ旅館を……茜谷を守るのが役割なだけだ」

「はっ、なに抜かすか！　それはおまえじゃなくて、千晶の役割だろうがっ！」

「千晶、千晶ってうるさいんだよ」

「開き直りか、本性現わしたな！」

一度感情的になれば、積年の恨みも飛び出しかねない関係だ。一触即発だった空気はまさに着火したも同然で、言葉では押され気味の大河原が負けじと手を出した。

朱川の着物の胸元を引っ摑み殴《なぐ》らんとする男に、キャアと女たちの悲鳴が上がる。

「やめてくださいっ！　朱川さんっ、大河原さんっ……」

穂積は引き離そうと懸命になった。

「うるせぇ、おまえはすっこんでろって言っただろっ！」

ブンと男は腕を振り回した。

「う…わっ……」

こちらを見ようともせずに放たれた大河原の一撃は、穂積の頭を強襲。避《よ》ける間もなくこめかみの辺りをガツリと痛打し、ぐらっと体が傾《かし》いだ。

「穂積っ！」

朱川の声が聞こえた。

磨き抜かれた板床にも足を取られ、滑った体はそのまま倒れ込む。肩から提げたバッグが飛び、続いてドスンと大きな荷物が落ちるような音が響いたが、それが妙な体勢で頭から倒れた自分の音とは穂積には認識できなかった。

「穂積っ、おいっ！」

飛びついてくる男の腕を感じた。

朱川の冷たい手のひら。

急激に眠気にでも襲われたみたいに重たくなった目蓋を抉《こ》じ開けると、狭くなった視界の中に、心配げに顔を覗き込む朱川が映った。

それから、声。

「くそっ、なんてことっ！　大河原っ！」

「おっ、俺はべつに！　こいつが鈍いから勝手に……」

朱川と大河原が言い争う。

自分のせいで収まるどころか激しく言い合う男たちの声は、どこか遠い。

「ふざけんなっ、こいつに手を出すな！　こいつは、俺の大事な……」

朱川が何事か叫んでいた。大事な言葉な気がした。なのに耳を澄ませようとしても、続きはぼやけ、まるで水の中で音を聞き取っているかのようだ。

瞬《またた》く間に音はなにも聞こえなくなった。


穂積は気がつくと坂の上に立っていた。

橙色《だいだいいろ》の風が吹く。原始の茜谷の風景であるかのように建物の姿はなく、急勾配《きゅうこうばい》の石畳の道だけが、荒れた地面の山肌を眼下に向けてどこまでも延びていた。

不思議な光景に、穂積は『これは夢だな』と素直に思った。

ふと見れば、いつ間にか隣に朱川がいた。

何事か叫んで自分に訴えかけている。すぐ隣にいるのにその声は遠くてよく聞こえず、けれど伸ばされた手を取ると、彼の存在を、体温を感じた。

突然、ぐいと引っ張られた。早くしろとでも言うように。

促されるまま走り出すと、栓でも失ったかのように穂積の立っていた位置から火柱が上がった。石畳がめくれて岩石が吹き飛び、どろりとしたマグマが赤く天まで届く柱のように伸びる。

山の噴火だ。

「わあ」

穂積はまるで映画でも見ているかのように、のんびりとした声を上げた。現実感に乏しく、少しも恐怖は感じられなかった。

朱川に手を引かれて坂を駆け下りて行く。繋いだときにはひやりと感じられた手は、しっかりと握り合ううちに互いの体温に馴染んで温かくなった。

踏みしめた場所から次々とマグマは噴いた。足を止める暇はない。右足、左足、ステップを踏むように身を弾ませ、いつの間にかその体は高く弾むように跳躍した。

体で弧を描く。硬い石畳をトランポリンのようにバネにして、二人して何度も飛ぶ。

美しい花火のように次々と上がるマグマの柱の間を。

赤く赤く、火の色を映したように赤い、茜色に染まった道を。

早く早く。もっと早くと足を動かしながらも、軽やかに舞う体は心地よくて、自然と笑みが零れる。いつも仏頂面《ぶっちょうづら》の穂積は笑っていた。夢でもいいから、ずっとこうしていたい。どこまでも、どこまでも。

少しも怖くなかった。

もう長年住みついていた怖いものは、穂積の中から失われた気がした。

朱川の中からも、それがなくなったらいいのにと思った。

穂積は繋いだ手をぎゅっと握りしめ、隣を仰いだ。

朱川がどんな表情をしているのか知りたくて。

前触れもなく穂積は目蓋を起こした。

休憩時間に下ろしていた幕でもするすると上げるように、静かに目を開かせる。かまくら蒸しの木目の天井が目に映った。

夢の続きのようにまだ口元は緩んでいて、微笑んで見つめた傍らの窓は一面の茜色だった。夕焼けの空。まるで窓枠に額装された一枚の絵画であるかのように美しく、その中をいくつかの白い湯煙がのろしのように上がっている。

——どこの源泉だろう。

この町へ初めて来たときも、のろしのようだと感じたのを思い出す。

情報を伝え合うための煙。あちこちで噴き上がる湯煙は、呼応し合ってこの町を一つにまとめているかのようだ。

「目が覚めたのか」

やや焦った声が近くで響き、ゆるりと頭を動かした穂積はそちらを見上げた。傍に朱川が立っていて、気を失った穂積が寝かされているのは窓辺の赤い布のベンチだった。

妙な夢を見た。長い間眠っていたような気分だけれど、ほんの短い間だったのだろう。かまくら蒸しのカウンターの周囲には、さっきと変わらず茜谷の人々がいて、心配げにこちらを見ている。

「ケンカをしないでください」

大河原の顔を見つけてそう告げると、男は苦々しげな表情で、けれど先程までと打って変わったどこか毒気の抜けた声音で返した。

「しねぇよ、朱川に殺されちまう」

なにかあったのか。

コーナーを挟んだ壁沿いのベンチに座った男は、左頬が少し腫れているように見える。まさか、朱川が一発殴ってしまったのだろうか。

穂積は片手をついて身を起こした。痛むかと思ったけれど、どこも痛くはなかった。妙な寝癖のついた髪が不快でふるっと頭を振れば、「大丈夫か？」と朱川がまた声をかけてきて、心配性の母親のようで少しおかしくなった。

微笑んだ自分の唇に、夢を思い出す。

どうしてあんな変な夢を見たのか、唐突に判った気がした。

噴火していても怖くはなかった。争い合っても、この町は一つなのだということ。

「朱川さんの性別と、大河原さんの加水問題……罵《のの》り合ってもなにも解決しないし、誰の得にもならないと思います」

ややだるそうに体を前屈《まえかが》みにして座りながらも、冷静な口調で言った穂積に、大河原は不《ふ》貞腐《てくさ》れたような声でぽつりと返した。

「加水は俺のホテルじゃねぇよ」

「あ……すみません、そうでした。お知り合いの旅館です。でも、誰の旅館でもこの町で起こしてしまえば結果は同じです」

「茜谷全体の信用問題になる」

朱川が言葉を挟み、みな沈黙した。

大河原さえも難しい顔で黙り込む。

「俺は茜谷の記事を書きます」

「書くって、おまえまさか……!」

目を剝《む》いた大河原が突っ込んでくる。

「許しがもらえなければ掲載はできませんけど、それでも俺は書きます。提灯《ちょうちん》記事は書きません。そんなものはうちの編集長は絶対に通しませんし、俺も書きたくありませんから。宣伝文句を並べなくったって、この町が本当に魅力的なら人は気づいてここへ来ようと思ってくれるはずです。実際、俺は魅力的だと思えたから……好奇の目に晒したいんじゃないんです。ただ、この町を知ってもらいたくて……温泉町にも一つ一つ違う顔があって、目には見えない思いがあの石畳や、地蔵や、働く人々の裏にあるんだってこと、知ってもらいたいんです」

おかしな夢でも冷静になる役割を果たしたのか、するすると静かに言葉は自分のどこから
か降りてきた。

「大河原さん」

「あ、ああ?」

「嘘は書けませんから、永泉屋のご主人と相談して、早急に湯枯れを解決してもらえますか。

あれだけ源泉の自慢をしてたじゃないですか、余るほどの湯だって。優れた街は上下水道を
見れば判るなんて話を聞いたことがあります。誰も目を留めない引き湯管にだって、万里の
長城にも負けない価値があると思います」

「万里の長城?」と朱川が反応すると、大河原が狼狽《うろた》えた顔をして、穂積をねめつけてきた。

建設予定の長城風呂の秘密まで明かすつもりはなかったけれど、苦笑が零れる。

「部外者が口出ししてすみません。でも、部外者だからこそ見えることもあると思って……

俺からしたら、朱川さんも大河原さんも、みんな目指してるものは同じです。みんなこの町
の発展を願ってる、そうですよね?」

忌《い》まわしい因習でさえ、すべてはこの町を守りたいがゆえに存在したもの。

反論は噴出せず、穂積はほっとしつつも思い出してつけ加えた。

「そうだ……できれば、観光案内のマップも一つになると助かります。二つもあると、本に

綴《と》じ込みでつけたくてもコストがかかり過ぎてしまって」

かまくら蒸しでの騒ぎの後、皆が解散する頃には、すっかり日は落ちていた。

穂積は朱川と共に旅館に戻ったが、ほとんど会話はなかった。乱れ髪を気にする様子もない朱川は、ただなにかを思案するような眼差しで、ずっと前を向いて歩いていた。

呼び出されたのは夕食のときだ。直接告げられたのではなく、仲居の邑田にことづけられたメモに、『仕事が終わる頃に来てほしい』とそう記されていた。

女将が仕事から解放される時間といったら深夜だ。

間もなく日付も変わる時刻、離れの部屋へ続く渡り廊下は、穂積が一歩歩くごとに床が鳴いた。床板はまるで長い年月の営みの分だけ何度も上塗りされたかのような暗褐色をしており、中央に敷かれた赤いカーペットは照度の低い灯りに照らされ、ぼんやりと滲《にじ》むように色を浮かび上がらせている。

暗がりにかかった橋のようにも見える赤い道筋を辿り、穂積は奥へと向かった。

この先に朱川の自室がある。

近づく手前から、引き戸の格子から漏れる明かりで朱川が部屋に戻っているのは判った。

「穂積です」

戸を叩く際についた呼吸で、穂積は自分の緊張に気づかされた。朱川の部屋がどこであるのかを知ったのも呼ばれたのももちろん今日が初めてだ。

けれど緊張はそのせいだけではない。

「どうぞ」と中からかけられた声に戸を開けると、ここも元は客室であったらしく、入ってすぐは踏み込みの板の間になっており、本間へ続く内戸が控える。下駄箱に並んだ履物は女物の草履ばかりだ。

女将の部屋であるのを意識しつつ、すっと障子戸を開けた穂積は息を飲んだ。

朱川は黒い座卓を前に、こちらを向いて座っていた。

女の履物など似合わない姿で。

藍色《あいいろ》の男ものの浴衣だ。化粧っ気もなく無造作に髪をハーフアップに括《くく》り、普段の艶然《えんぜん》としたまとめ髪の女将からはほど遠い姿は、性別を偽るところなど一つもない。

座卓には瓶ビールとグラスが載っていた。こんな時間でも、仕事を終えた後の晩酌になるのだろう。立てられた片膝が捲れた着物の間から覗き、永泉屋に忍び込んだ夜、フェンスを跨ぐ際に月光に浮かび上がっていた様を思い出す。

「そんなに驚くこともないだろう?」

入口に直立不動で突っ立った穂積に、行儀悪く座った男はくすりと笑って言う。

「知ってたくせに」

「……ええ、でもやっぱり少しびっくりしてしまって」

「男前でびっくりか？」

「いえ……そういうわけじゃないですけど」

「なんだよ、そこは嘘でも『そうですね』って言っておけよ。可愛げのない奴だな」

朱川はチッとわざとらしい舌を打つ。

穂積は認められるわけがないと思った。認めたら嘘にならない。本当になってしまうし、今すでにゴム毬《まり》みたいに弾んでいる心臓がいよいよどうにかなってしまいそうだ。屋根を突き抜けてしまうかもしれないな……なんて馬鹿げたことを思い、ふと天井に視線を送った。

「ここもお寺だった頃からあった建物なんですか？」

建物に関心を移すほど冷静だと思われたかもしれない。動揺を押し隠そうと発した声は、自分でも意外なほどいつもの平坦なトーンだ。

「ん？　ああ、一度改築してはいるらしいけどね。古くてガタもきてるのに取り壊すわけにもいかなくて、自分の部屋にしてしまったわけ。一歩歩くごとにミシミシ言う部屋なんて、客泊めたらどんな苦情が飛んでくるかわかったもんじゃないからなぁ」

畳の上での不具合は感じないが、奥の窓際は広い板の間になっている。

「鶯《うぐいす》張《ば》りってことにしてはどうでしょう」

冗談のつもりでも真顔になってしまう穂積の言葉に、朱川は人の悪い笑みで返した。

「いいね。一鳴きさせるごとに福が舞い込むってご利益もつけよう。客がこぞって泊まるようになる」

「湯かけ地蔵と同じですね」

「そうそう。まぁ、とにかく突っ立ってないで座れよ」

手招かれるまま、戸を閉めて中へと入る。さりげなく見渡す部屋に家具は少なく、すべて部屋に馴染んだ和風で揃えられていた。けれど、それでも客室とは違い、住人の存在を感じさせる。壁にかけられた羽織や、座卓の上のなにげない読みさしの本の一冊に。

耳を澄ませると、チョロチョロと微かに水音が響き続ける。表には池か露天風呂があるのか。

格子窓の向こうに覗く月明かりに照らされた樹木。茂みは深く、山へと続いているのかもしれなかった。この部屋は廊下の感じからして、旅館の奥深い位置にある。

「持ってきたんだろう？」

「はい」

朱川の言葉に、穂積は静かに頷いた。座卓の向かいに腰を落としながら、ジーンズのポケットから取り出したのは、スティック状のＩＣレコーダーだ。『必要なら持ってくるといい』とメモに書かれていた。

「レコーダーは半分冗談だったんだけどな。そんなに大層でも面白い話でもないよ」

「でも、俺に言ったら持ってくると判ってましたよね？」

「まぁ、そうだな。なんでも真に受けそうだもんな、おまえ」

蒸し風呂での一件が、朱川の気を変えたのは確かだった。男であることが一部とはいえ住民の間で公《おおやけ》になり、大河原にも知られてしまい面白おかしく広まるくらいなら、ちゃんとした記事になったほうがマシだと考えたのか。

少なくとも自分を信用してくれたのだと思えば、それに応えたい。

だから、その心構えでやって来た。

「記事にするかどうかはおまえに任せる」

「はい」

穂積は正座でもう一度頷く。

「途中まではおまえがパソコンに打ち込んでたとおりだよ。あけ川荘は茜谷で神格化された宿。伝承の夢のお告げなんて本当にあったのかどうかさえ定かでなくなっても、言い伝えだけが町に残った。ただでさえ女系家族の男なんて、家長の威厳どころか親父《おやじ》も逃げ出したほどの扱いだってのに、よりによって子供が不吉な双子なんてね」

「……本当なんですか？　女将さんだったお祖母《ばあ》さんに……不当な扱いを受けて育ったというのは」

「存在を認めてもらえないのを、虐待というならね。生まれた瞬間から空気みたいだった。お宮参りや初節句の写真は千晶しか写ってないんだ。連れて行ってもらえてないのか、ばあさんが俺の写真を処分したのか知らないけど。よく覚えてるのは、食事が箱膳だったことかな」

「箱膳って、あの時代劇とかで見るものですよね？」

「そう、俺だけ別室でね」

一人用の膳だ。小さいだけでなく、蓋を開ければ一人分の茶碗や皿をしまえるようになっており、機能的とも言えるが子供が一人だけ使わされるとなると話はべつだった。

時代錯誤に強《し》いられた疎外感。

「病気で入退院を繰り返していた母親が死んでからは、空気じゃすまなくなった。ばあさんには俺のせいじゃないかって疑われるし、根拠は迷信の類《たぐい》の言い伝えってんだから、反論のしようもなくてね」

「でも、そんな状況なのに家に引き籠もりがちだったんですよね？」

「この町じゃ、どこに行ったって同じだからな。みんな自分を同じ目で見る。出られもしない山の向こうの世界なんて、ないのと同じだ」

子供の世界は狭い。谷の川が辿れば海まで繋がっていると地図が示そうと、そこへ自力で出ることは叶《かな》わない。

「大人になったら家を出て、遠くへ行くんだって俺はずっと思ってたよ。高校卒業して、そのときがやってきて、ばあさんも引き留めるわけないから喜んで飛び出して行ったさ」

「千晶さんも同じ時期に進学で上京したんでしたよね？　連絡は取り合ってたんですか？」

「最初の年は何度か。俺が会社の寮を出てからは一度も。家に戻りたくなかったんだよ。だから、千晶とも関わりを持ちたくなくて、連絡できないように携帯番号も変えて」

「それって……絶縁するつもりだったってこと？」

「どうだろうね。先のことまで考えてなかった。俺は、なんにも考えてなかったんだよ。ただいつも自由になりたかっただけで……」

朱川は遠くを見るような眼差しで言う。

山の向こうの世界を夢見た少年時代。谷を囲む山々の稜線を見つめる目は、いつもそんな表情だったのかと、ふと頭を過る。

「千晶が会社に連絡して、俺の居所を突き止めてきたのは、ばあさんが倒れたときだよ。上京してもう五年経《た》ってた。夜遅く仕事から帰って、ビール飲みながら飯食おうかなってときに、あいつが訪ねてきて……最初っから興奮状態だった。千晶は言ったんだ、『家に殺される』って」

「こ、殺され……」

「ああ、ドキッとさせられたね。あいつは実家に戻って旅館を継ぐことを、そんな風に思ってたんだ。女将になるのは、生きながら死ぬようなもんだってね」

「そ、そんなに女将になりたくなかったってことですよね」

「なんで俺に言うんだって、正直最初は思ったよ。子供の頃は千晶に連れ出されて遊んだりもしたけど、とっくにそんな関係じゃなかったし。なのになんでこいつは、俺に悩み事の相談なんかに来たんだって……でも違ってた。相談なんかじゃない。あいつは恨み言を俺に言いに来たんだ。『あんたばっかり好き勝手して』『あんたばっかり自由で』、千晶に詰《なじ》られるまで、俺はあいつにそんな目で見られていたこと、全然気づいてもいなかった。自由になりたいのは、檻《おり》ん中にいるのは自分だけだと思ってた」

未来を押し着せられた姉も、不遇という意味では同じだったのかもしれない。

「言われてみれば、俺は空気だった代わりに、千晶のような期待もされなかった。跡継ぎとしての重圧感なんてものに押し潰されることもね。家出て随分経ってたから、あいつが将来のことでばあさんとそこまで揉めてたのも、知らなかったぐらいだし」

「……それで、朱川さんが代わりに跡を継ぐことにしたんですか？」

「そんな綺麗なもんじゃないよ。俺も不満があったから、あいつに言い返して罵り合って、しまいにはココ殴られてさ」

言いながら左頬を指で示す。よほどでなければ、姉弟ゲンカで……姉弟でなくとも、女が男を殴ったりはしないだろう。「拳《こぶし》でバキッとやられた」と、朱川は苦笑する。

「二人とも疲れ切って、終電過ぎてたから泊めたんだけど、起きたらいなくなってた。『家には帰らない』って書き置きが残されててそれっきり。一人暮らしの家にも本当に帰ってなくて、『ああ、本気なんだ』ってね。あとで茜谷の同級生の話から判ったんだけど、あいつ好きな男がいたらしい。そいつと結婚したかったんだよ」

「じゃあ、駆け落ち……みたいなものですよね」

「そうだな。俺らの母親はさ、昔、東京で結婚予定の男がいたのに、大反対されて茜谷に戻ったんだ。それでこっちで見合い結婚して、結局その親父も逃げるし散々。千晶はそういうの知ってるから、ますます継ぐのが嫌だったんだろうよ。ばあさんは因果応報だ」

皮肉めいた笑みが、その唇の端に浮いたかと思うと、視線が畳に落ちる。

「久しぶりに会った千晶がさ、変わってなかったんだよな。女のくせして、相変わらず俺とぞっとするほどそっくりだった」

立てた膝を抱くようにして畳の目を見つめる朱川は、「だから、魔が差したんだよ」と告白した。

千晶のような長い髪のかつらを被り、五年ぶりに茜谷に戻ったのだと。大河原が帰郷した千晶を見かけたと言っていたのは、きっとそのときだろう。

古い道を捨て、新しい石畳の道を作ろうと埃《ほこり》だらけだった茜谷。顔色が悪く見えるほど、不慣れな化粧を塗りたくって戻ってきた双子の弟——

「どうして……どうしてそこまでしたんですか？」

「だから、魔が差したんだって。ばあさんも死にかけてるって言うし。千晶の言うとおり、俺はなにもしないでタダ飯食って、高校まで行ってたわけだし」

冷たく突き放したような物言いに、見つめる穂積は苦しくなった。

それは違う。

行動とあまりにかけ離れている。朱川自身、気がついていないのか。その見捨てきれない優しさと、責任感。それがなければ、なにも起こらなかったはずだった。

何故なら、朱川はそれから七年もの間——

「みんなすぐ気づくもんだと思ってたよ。病院のばあさんさえ、一時《いっとき》騙せればいいと思ってた。なのに、案外誰にも気づかれなくてさ、拍子抜けした。ていうか、俺自身の存在感はその程度だったんだなって改めて思わされたりな。誰も千瑞のことなんて、欠片《かけら》も思い出しもしないんだって」

「それは……」

「けど、違ってたのかもしれない。今日、おまえのおかげで気づかされた」

「え……」

「おまえの言うように、みんな騙されたがっただけなのかもってな。千晶の帰りを待ち望んでいたから、違和感に目を瞑《つぶ》った。もしかしたら、ばあさんも……」

穂積は言葉に息を飲む。

今となってはそれはもう誰にも判らない。それほど家に固執し、誰より姉の千晶だけを見つめてきた祖母が、病床とはいえ気づかずにいたのか。

消せない疑問の一方で、朱川はどこか晴れ晴れしたように笑む。

「少し気が晴れたよ。誰も俺を忘れてたわけじゃないって思ったら。ダメだな、七年やってもやっぱり俺は千晶じゃない。千瑞なんだよ、頭ん中が」

人はべつの人間になど成り代われない。生まれたときから死ぬまで、自分ただ一人。たとえ消したい記憶や、成したい思いがあろうとも。

不意に座卓に朱川の手が伸びた。

喋りすぎた喉を潤《うるお》すために、ビールを飲むのかと思ったら、身を乗り出した男の手はグラスを素通りして穂積のＩＣレコーダーに触れる。

「以上、終わり」

勝手に録音を切られて、唖然となった。

「終わりって……それだけ？　あ、いえ、十分話は聞かせてもらったんですけど、なにか……」

どこか尻切れで、なにか肝心のものが抜け落ちている気がした。その手の冷たさと、心の温度が異なるように。反した行動のわけ、朱川を女将へ駆り立たせたものはほかにもあるように思えてならない。

「いつも空きビルの非常階段でコーヒー飲んでたんだ」

「え？」

「べつに楽しみってわけでもなかったけど、そこで缶コーヒー飲むのが外回りの営業中の日課になっててさ。わざわざ五階くらいまで登って、下を見下ろすんだよ」

穂積は急な話の展開が判らず、思わずきょとんとしてしまったが、朱川は「バカとなんとかは高いところに上りたがるから」なんて自虐的に笑う。

「本当に俺はバカでさ。田舎離れて東京に出ればなんとかなるんだと思ってた。環状線乗って人混みに揉まれて、高層ビルも見上げずセカセカ歩いて、夜はいつものコンビニで弁当でも買ってたら違う自分が始まるんだって。山の向こうの住人になっても、それだけじゃなにも変わるはずないのにね」

「で、でも仕事してたんですよね？　朱川さん、立派なスーツ着て働いてたじゃないですか」

「スーツも住む場所と同じで、着るだけで変われるわけじゃない。仕事紹介してもらったはいいけど、営業に回されてからは地獄でさ。引き籠もりでぬくぬく育ったような人間に勤まる業務じゃなかった。帰る場所ないからって、どうにかしがみついてる状態だったよ」

穂積は営業職の経験はないが判る気がした。取材を申し込むのも慣れないうちは緊張したのに、商品の売り込みなど苦労の連続に決まっている。

「基本給はしっかりしてる会社だったから生活はどうにかなってたけど、ノルマこなすどころかろくに契約も取れないお荷物じゃ、職場で居心地は最悪でね。やさぐれて、空きビルで缶コーヒー片手に下界見下ろして。静かな住宅街で気に入ってたけど、向かいの空き地のマンション工事が始まってからはうるさくなったな」

「マンション工事？」

「そう、トラックが出たり入ったりね。細い路地で人通りは少なかったけど、入口に赤いネオン棒持った交通整理が立ってた」

脈絡もなく始まったと感じていた話に、穂積は初めてひっかかりを覚えた。

一度見た景色のように、朱川の言葉から記憶の光景が引っ張り出される。

「それって……」

「暇そうな仕事だなって見てたよ。最初は『あいつ楽でいいよな』って。けど、なんかろくに通行人もいないのに毎日朝から晩まで棒振り続けてる姿見てたら、あんな仕事するなら営業のほうがマシだなって。あいつも絶対『かったるい』とか思いながらやってんだろうなって、勝手に意地の悪いこと想像してた」

それはたぶん自分だ。

朱川が頭上から見下ろし続けていたのは、工事用ヘルメットを被り、ユニフォームを着て誘導棒を振って立っていた自分――

「けどさ、あんまりいつもいるから、毎日見るうちに『頑張ってんな』って純粋に思うようになった。『あいつ、すげえじゃん』って」

「助けてくれたのは偶然だとばかり思ってました。たまたま通りがかった人が気づいてくれたんだと……」

「偶然と言えば、偶然だけどね。『ああ、今日もいるな』と思って見てたら、急に前触れもなく倒れてあんときはびっくりしたよ」

いてもいなくてもいいような存在だと、穂積は自分を思っていた。実際、あの場所を通る人の何人が、毎日そこにいる自分に気づいて意識していただろう。

朱川が以前から見ていただなんて、知らなかった。

驚いて身じろぎもせずに見つめ返す穂積に、男は少し気まずそうに視線を逸らして告げる。

「あのとき俺がおまえに偉そうに説教したのは、自分自身を恥じたからかもしれない。おまえは違ってたから。必死で仕事をしてて……『ちゃんと休め』って言いたくなるくらい。それに比べて俺は、なにもやってなかった。開き直って仕事サボって、ただ違う場所で暮らすだけで変われるなんて夢見て、それが思うように叶わなかったからって不貞腐れてるだけの小さい奴だった」

「そんな風には……俺には、きっと立派なスーツの似合う仕事をしてる人なんだなって。一生バイトで終わりそうな俺なんか手の届かない世界の大人だって……」

「大人なもんか。おまえを見習って、仕事をどうにかしようって反省したぐらいなのに」

「え……」

ハーフアップから零れた前髪をくしゃりと握り締めるように掻き上げ、朱川は話した。

「辛くても楽なほうに逃げるのはやめようって思ったよ。サボっても頑張っても同じなら、無駄でもやり遂げてみようって。まぁ案の定、結果はそうそう変わらなかったけど……冬前にやっと大口の契約が一つ取れた」

「えっ、よかったじゃないですか」

昔話なのに、まるで昨日今日のことのように安堵してしまった。

「ああ、嬉しかった。嬉しくて、誰かに言いたくて堪《たま》らなくなって、そんとき上司より先に思い出したのがおまえだった」

「俺……？」

「そう。『あれから頑張ったよ』なんて肩叩き合うような仲でもないのにな。それで久しぶりに空きビルのほうに行ってみたんだけど、なんか変な形のマンションが向かいに建っててさ。駐車場には金持ちの車がずらっと並んでるしで、途方に暮れた……もう終わってたんだよ、工事」

工期が予定どおりなら、確かに冬前には完成するはずの物件だった。交通整理のバイトが終わった穂積は、あの場所に二度と立たず、通りかかることすらなかった。

バイトはいくつか続けていたけれど、高校に進学する決意をして、ブランクを埋めようと勉強を始めたところだったから。

「朱川さん……」

あの場所に、彼が――

忘れられてなんかいなかった。

「俺が仕事を頑張れたのも、茜谷に戻ったとき、このまま女将を続けようと決心したのも、あのことがあったからだ」

「え……どういう……」

「俺も頑張るって決めたからな。女将だろうと同じ仕事だ。おまえが一生懸命に棒振ってたのと変わらない。やり遂げようと思えた」

穂積は瞠らせた目で、二度と会えないと思い込んでいた男を見つめた。

冷たい手の持ち主、皮肉屋だけれど優しい言葉をかけてくれた男。ずっと判らなかった、朱川が女将を続けているそのわけ。

自分が理由――

「今度こそ、話は『以上』だ。なにか質問あるか？」

朱川ははにかんで笑う。知り得たばかりの事実は頭の中で整理のつかないまま溢れ返っていて、すぐに言葉が出てこない。

「いつ、俺だって判ったんですか？　ここ、ここに来たとき、気づいてたんでしょう？」

問いに、朱川は一瞬困ったような表情を浮かべて答えた。

「最初からだよ」

「え……」

「入ってきた瞬間に、あのときのバイトだってすぐに判った。おまえは全然気づかなかったようだけど」

「かっ、変わり過ぎです。まさか男が女になってるなんて、誰が思いますか！」

「ははっ、まぁそれもそうだな」

笑うとき、照れくさいのか視線を逸らしがちになるのは朱川の癖らしい。女将姿の際は、あれほど悠然と微笑んでいるくせして。

知らなかった朱川の仮面の下の素顔を、一つずつ拾い上げるみたいに、穂積は覚えていく。そうできるのを、嬉しいと思った。

「そういえば……蒸し風呂で大河原さんになんて言おうとしたんですか？」

ふと思い出して尋ねた。

「蒸し風呂？」

「かまくら蒸しで、俺が転んだとき……大河原さんと言い争ってましたよね？」

気が遠退《とおの》いてしまって、よく聞き取れなかったけれど、穂積はずっと気になっていた。

『手を出すな！　こいつは、俺の大事な……』

朱川は最後まで伝えたのか、それとも――言わなかったとしても、今あの言葉の続きを知りたいと思う。朱川にとって、自分がどんな存在であるのか。

少しだけ期待してしまう。

「あれな……」

穂積の瞬《まばた》きすら忘れた澄んだ黒い眸を前に、居心地悪そうに目の前の男の視線は泳ぐ。

「……なんだっけ、忘れた」

「嘘です。本当は覚えてるんでしょ？」

はぐらかそうとするのを許さず、問い質《ただ》す。

「聞きたい？」

「はい」

「じゃあさ、こっちに来て。隣、座ってよ。あんまり大きな声で言いたくはないからさ」

座卓の向こうから、朱川は手を揺らして招く。藍色の浴衣の袖が揺れ、覗く腕はいつも見ていた女将の手に違いないはずなのに、思わず目を奪われる。

言われるままに立ち上がり、穂積は素直に座卓を回った。『さぁ、いつでもどうぞ』とばかりに傍に座れば、朱川は驚いた顔で自分を見る。

「な、なんですか？」

「いや、ちょっと……おまえってなんか本当に童貞なんだなって」

脈絡もない言葉で、わけが判らない。

「……どっ、どういう意味ですか？　朱川さんが来いって言うから俺は隣に……」

言いかけた正当なはずの反論は、ひゃっと身を竦めた拍子に喉奥に戻された。

柔らかなものがぶつかり合う。直視するにはまだ慣れない整った男の顔がふらりと近づいてきて、肩に手をかけられたと思ったら次の瞬間にはキスをされていた。

「んっ……」

重ね合わされた唇に、びっくりして仰け反る穂積は腰でも抜かしたみたいに後ろ手をつく。

「なにすんですか、急にっ……」

「キスだよ。この流れとシチュエーションで普通は察するもんだと思うけど……本当に少しも予期しなかったんだ？　だからドーテイくんなんだなって」

「ど、童貞はべつに関係ないと思います」

憮然《ぶぜん》とする間もなく、朱川は調子づいたように問いかける。

「付き合った子とかいないの？　中学でも高校でも、好きな女の一人くらい……」

「俺が好きなのは、あなたでしたから」

動揺しつつも、穂積はそれについては迷いなく答えた。

後にも先にも、好きと言える人はいなかったから——

ありのままの告白。朱川の眸は返す言葉をなくしたように揺れた。

「……やばいな。今そんな風に言われたら、歯止め利かなくなってしまう」

離れたばかりの唇が追いかけてくる。

たった数十センチの距離では、追いつかれるのはあっという間で、これ以上逃げ退く先はあまり残されてもいなくて。そもそも、自分は何故逃げなくてはならないんだろうと、しっとりと押し合わさった下唇の膨らみを軽く吸われながら穂積は思った。

——逃げなくていいんだ。

でも、なんだか不意打ちすぎて、未経験までからかわれてしまうしで悔しい。せめてもの仕返しに上唇を軽く噛んで返せば、不慣れな行為は逆効果でしかなかったらしく、朱川は身を引くどころかますますにじり寄ってきた。

預けられた体重を支えきれず、二人して畳に転がる。

ずしりと全身で受け止めた重みと、強く合わさった唇。歯列を抉じ開けようと挑んでくる濡れた舌先に、穂積はどうしたらいいのか判らず、身を竦ませる。サウナ室でキスをしたときはどんなだったか、懸命に思い出そうとした。

「ん…っ……」

そろそろと顎《あご》の力を緩めると、待ち構えていた侵入物はすかさず中へ侵入してきた。口腔を舐《な》めたり、舌を絡ませ合ったり。朱川のリードでぐいぐいと引っ張られるまま、深い口づ

て言った。

重みが少し減って唇が離れたとき、放心する穂積を見下ろす朱川は、色っぽく眸を輝かせて言った。

「なぁ、布団敷いてもいい？」

手際よく布団が敷かれていく間、穂積は呆然と眺めていただけだった。

置き人形のように傍らに正座していたが、『準備』が整うと、布団に転がされ今度は抱き人形に変わる。男は基本、男に押し倒されるようにはできていない。違和感を覚えて無意識にずり上がる体に、朱川のほうも雄の本能を刺激されたのか、逃すまいと体重をかけてきた。

部屋の明かりは落とされたにもかかわらず、互いの顔はしっかりと見える。板張りの続き間に照明が残ったままだからだ。

「あっ、明かりはっ……向こうの」

敷布団に両腕を縫い止められ、仰ぐしかなくなった頭上の男に穂積は訴える。

「向こうはいいだろ。眩《まぶ》しくなくてちょうどいい」

「ちょうどって……」

朱川が消したのは見えなくするためではないらしい。

穂積は動揺しつつ続ける。

「や、やっぱり、こういうのは段階とかあるんじゃないですか?」

「段階って、お茶したりデートしたり? それもいいけど、俺の休日はあってないようなものだから、いつになるか判らないよ。後払いで頼む……って変か? 前払い……ああもう、どっちでもいいよ」

後払い前払いよりも、朱川が自分を休日を費やしてデートをしたりする相手だと認識していることに、ちょっと感動してしまった。

でも、まだ肝心の言葉をその口から聞き出していない。

「さっきの……そういえば、まだ教えてもらってません。お、大河原さんに、なんて言おうとしたんですか?」

深く覆い被さろうとする体を胸元を突っぱねては遠退かせ、うやむやにしようとする男に誤魔化《ごまか》されまいと抵抗《こうべ》を試みる。

朱川は観念したように頭を垂れた。

「あれは、俺の……大事な奴だってね。ずっと大事に想ってた奴なのに、なにしやがんだよってさ。腹が立った」

「それで殴ったんですか」

短絡と指摘されたとでも思ったのだろう。

むっとした目で見下ろしてくる。

「手を出した代わりに、言うのは踏み留まれたんだろ。言ってたら、おまえだって困るだろうが。俺もおまえも、両方男なんだから。みんなが千晶と信じてくれてたままなら、まだよかったけど」

「はい、そうですね……きっと困ったでしょうね」

どこか他人事《ひとごと》のように分析する。

でも、けして冷静なわけではなかった。与えられる言葉の意味はまるで波長の遅い振動となり、遅れて胸の奥深くに響いてくる。

——どうしよう。

届いた途端に胸は大騒ぎだ。自らしつこく尋ねたくせして、大事だなんて言われたら抗えなくなると思った。

朱川とどうなっても、なにをされてもいいなんて、盲目的な気持ちに陥ってしまう。

「困るって、おまえ……正直すぎ」

機嫌を損ねるのを通り越し、呆れた反応を見せる男に、穂積は腕を伸ばした。突っぱねていた両手をそろそろと回し、浴衣の背にしがみつく。

「……遥来《はるき》」

名を呼ばれてびくりとなった。

「実はいつ呼ぼうかと思ってた」

ちょっと身を離して確認した朱川は悪戯っぽく笑っていて、見つめられただけで体のどこかがズキズキとなる。切ないのに心地いいなんて、恋の仕組みをすべて理解するにはまだ経験値の乏しい穂積は、消化するのも一苦労だ。

「あ…っ……うっ……」

いきなり唇をキスで塞《ふさ》がれ、鼻から吐息が抜ける。

さっきの続きからとでもいうように、舌は口腔へとやや厚かましく上がり込んできた。

「……うっ…ん……」

呼吸のタイミングなんて、おかまいなしの口づけだ。いきなりザブンと水中へ飛び込まされたみたいに呼吸困難。でも、限界を覚えて息をついたら案外普通に呼吸はできた。

大きく口を開けた拍子に、余計に強く唇が密着してくる。くねるものはさっきより奥へと伸び、舌の根っこのほうまで擽《くすぐ》られて体がぞくぞくと震えた。

甘い震え。それが快感であるのを穂積はもう知っている。

「あけ、がわさん……」

長いキスに頭が重たく、ぼうっとなる。衣服をたくしあげられて、凹んだ腹が露わになった。

服を脱がされるのを恥ずかしいと思う。以前なら、外湯を巡ったときのように、朱川の前だろうとポイポイと脱いで裸になってしまえたはずなのに、今は見られるのをひどく意識する。

「もう全部しっかり見てるのに」

ニットを頭から抜き取られ、身を縮ませる穂積に朱川は言った。

「え……いっ、いつ？」

「前におまえが蒸し風呂で倒れたとき。体拭いて着替えさせたのは、呼ばれた俺だからな」

受付のおばちゃん二人ならよかったというわけではないが、のびきった裸を見られていたかと思うと正直居たたまれない。

「倒れてるってのに、ちょっと興奮した」

「こ、興奮って……」

「そんときよりも後になってからかな。この部屋に帰って男に戻ると、やばいビジュアル思い出したりしてな。あとは……判るだろう？」

言い方が妙に卑猥《ひわい》だと感じるのは、こんな状況で過敏になっているからだろうか。穂積は猥談《わいだん》でも聞かされたみたいに狼狽え、顔や耳に血が集まるのを感じる。

どうして言う側より、言われるほうが羞恥を覚えなくてはならないのだろう。服を脱がされている真っ最中だからか。遠慮ない手は、ジーンズやその下の下着にまで及ぶ。

「へ、変な冗談、やめてください」

「冗談なもんか。永泉屋のサウナ室でだって、俺はやる気満々で遥来におねだりしてたじゃないか」

「あ、あれは……暗いところで、変なことしてたから朱川さんも反応したんじゃ……」

「男のメンタルは単純なようでいて繊細なんだよ。好きでもない、しかも男相手に調子よく勃つもんか。おまえは違うのか？　誰でもそうなるのかよ」

「まさか！　お、俺だって…っ……」

反論は震え声に変わって途切れた。

足先から衣類をすっぽりと抜き取り、纏《まと》うものをなくした肌に朱川は侵略を開始する。するっと胸元を滑った指が、両の乳首を寄り道もせずに押し上げ、穂積は反射的に身を捩った。

摘まんで刺激されると、やっぱり快感が走る。じんとした疼《うず》きだ。

「……ぁっ、ふ…ぅっ……」

触れられる傍から、上擦る声が出そうになってしまい困った。寝転がっているだけなのにまるでゆとりのない自分に対し、朱川のほうは指先で感触を確かめつつ、穂積の身に熱っぽい眼差しを走らせる。

「痩《や》せてるのに、結構いい体してるんだな」

割れるほどの筋肉量ではないが、触れれば硬い。ゴムのような弾力のある、健康的な肌だ。

中学を卒業してから肉体労働の仕事を中心に働き続けていたおかげでか、細身ながら締まった体つきで、ありがたいことにそこそこ丈夫だった。

しかし、男が愛《め》でる価値はあるだろうか。朱川は言動から察するに、元々同性愛者ではなく、女性を好んでいたはずで。

見られるのが恥ずかしいのは、そのせいかもしれなかった。性の対象として、魅力的であるわけがないと思う。けれど、朱川は『興奮した』と告げた言葉どおりに、今も穂積の体を淫らな動きで撫でさすって熱を上げる。

触れられたところが、じんわり熱くなっていく気がした。平らな胸に膨れて浮いた粒がじんじんする。唇で挟んで吸い上げられると、隠すものをなくした性器がひくっと擡《もた》げた頭を揺らす。

「朱川さっ……こんな……自分、ばっかりっ……」

『はぁっ』と吐息を零しながら、穂積は手を伸ばした。一方の手は布団につき、身を起こそうと四苦八苦する。

「……俺の楽しみの邪魔をするなよ」

「そんな、ずるいです。俺だって……」

「裸が見たいのか？　俺の体に触って、エロいことしたいとか？」

「ちが……」

そんなつもりじゃなかった。でも、一方的な行為が嫌だといえばそういうことになる。

朱川はくすりと笑んだ。もう不自然な化粧の赤い色づきもない唇。手早い動きで浴衣を脱ぎ落とし始めた男は、惜しげもなく裸体を晒していく。二の腕や胸周りにも、しっかりと筋肉の張った体。普段あれほどうまく女物の着物を着こなせているのが不思議なほど、男らしい体躯《たいく》だ。

「着物は胸やら腰やら、女っぽいでっぱりは隠すようにできてるからな」

覚えた感想に応えるように朱川は言い、穂積は目のやり場に困った。その中心はすでに兆《きざ》しを見せ、雄々しく反り返っている。

朱川が、自分の身に欲情している。

抑えきれない吐息を微かに零せば、男は「じゃあ」とまた乗っかってきた。

「次は俺の番ね」

「えっ……」

順番もなにも、さっきから一方的に翻弄《ほんろう》されてばかりだ。

置こうとしたはずのインターバルがどこにもない。再び触れられた体は、さっきよりも敏感になっていた。裸体を見て感じやすくなっただなんて、朱川に知られたくないと思うのに、指や唇の触れた先から崩れて全部溶かされていくみたいに気持ちがいい。

硬いはずの体が、愛撫にとろとろに蕩《とろ》けていく。理性も一緒くたに溶かされて、もう硬いところなんて残されてないと錯覚するほど。

くまなく触れられたと思うのに、朱川はまだ足りないとばかりに両足を左右に恥ずかしく広がせる。下腹部の茂みを分けるように、性器はもうしっかりと天を向き、きつく張っていた。

「あ……」

視線を意識せずにはいられない。先端に雫が浮いているのが判る。覆う布もない昂ぶりは、小さな穴に露を結び、身じろいだ拍子に零れてとろりと幹まで伝った。

「あっ……」

朱川は切なく震える性器に手を添え、顔を寄せてくる。唇をちゅっと押し当てられて、なにが起こったのか判った。

「あっ、朱川さ…ん、なにして…っ……だ、ダメですっ」

「……なんで？」

「なんでって……そんなところ汚いし……」

てっきり前みたいなことをするのだと、穂積は思い込んでいた。

狭いサウナ室で擦り合ったときのように手で刺激し合って、それから——

「やっ……あ……」

じゅっと先端に吸いつかれて、腰がビクンと跳ねた。生温かく滑る感触。セックスもまだなら、キスも実のところ朱川が初めてである穂積には刺激が強すぎる。

隙間なく包まれて、粘膜を被せるみたいに根元まで飲まれただけで、射精してしまうかと思った。上下にゆるゆると擦られて、あからさまなほどに反りがきつくなる。感じて、悦《よろこ》んでいる証《あか》しだ。

「ん……んんっ……」

両足を開かされた腰を、切なげにくねらせる。断続的に変な声が零れそうになる口元を、手で覆う。

「……気持ちいいか？」

問われただけで、羞恥が増した。亀頭の括れを舌で弄られ、穂積は恥ずかしいのに馬鹿正直に指の間から「はい」と答えて、性器をひくつかせる。

先端の潤みがひどい。射精が近いのを感じた。朱川は勃ち上がったものだけでなく、その下の凝《しこ》った袋にも口づけを施してきて、穂積を攻め立てる。

「そんな…とこっ……ひ…うぅっ」

急所でもあるものを唇で食《は》まれ、飲んでしまおうとでもいうように悪戯に吸われて泣き声を上げる。慄《おのの》きに硬く目蓋を閉じれば、縁は実際に滲んだ涙に濡れた。

「や…っ、あぁ…っ……」

朱川に触れられて、感情が昂ぶる。触れられる傍から、イイところも、嫌だと思うところもみんな溶かされ、思考は弾けたままくっつかなくなる。元に戻りたいのか、戻りたくないのかさえ判らなくなる。

熟れすぎた果実みたいに性器は張り詰め、とめどなく先走りを溢れさせていた。

「あっ……あ……」

もう一度軽く咥《くわ》え直されただけで、穂積はびくびくと体を揺すった。

熱いものが奥から駆け上ろうとしているのを感じた。駄目だと思ったときにはもう、腰を動かしていて、生温かなものを噴き出させる。

正しいタイミングなんて判らないし、合わせようもない。自分自身ですら制御のできないまま、暴発させてしまい呆然となる。

放ったのが朱川の口内であったのは、抜き出される感触で意識した。

「あっ……んっ……」

欲望を解いたばかりの性器に走る刺激。満足して弛緩しようとする体も頭も、現実に引き戻される。

——自分だけ、こんな形で勝手に達してしまうなんて。

身を起こす朱川の動きに、シーツが擦れる音を立てる。這い上るようにして覗き込んでくる顔に、穂積は畏怖《いふ》して身を竦ませた。

「……一緒にイキたかったのに、先に自分だけなんて狡《ずる》いな」

「あの、俺っ……我慢、できなくてっ……すみません」

口を突いて出たのは、詫びの言葉だ。

セックスはそういう行為だと頭で理解できていても、感情がついていかない。二度目でも朱川の前で射精するのは恥ずかしかったし、まして放った場所を思うと居たたまれなくなる。

真面目に謝る穂積に、濡れた口元を拭《ぬぐ》いながら朱川はひっそりと笑んだ。

「……可愛げないくせに、変なとこ可愛いからまいる」

マナー違反を犯したはずの自分のどこが可愛いのか、よく判らなかったけれど、朱川が気を損ねていないらしいことにほっとした。

「ん……」

落ちてきた唇を受け止める。

目蓋を閉じて身を任せると、二度三度と押しつけられて、やがて舌先がちろりと唇のあわいを擽った。切実というよりも、戯《たわむ》れるような口づけ。朱川はもっとどうにかしたいとでもいうように、唇を離した後も指先で穂積の唇に触れる。

あまり厚みはない唇を指の背でなぞられ、欲するまま穂積はそれにキスをした。

ずっともう一度触れてみたかった手。互いの体温に馴染む行為の真っ最中でも、温かいというほどではない。

「……遥来」

唇を押しつけたらもっと触れたくなった。

もっと、もっと——

気持ちばかりが先を急いで、どうしたらいいのか判らないまま舌を伸ばす。朱川は少し驚きの声を上げた。

「おまえ……」

指を淫らに舐めた。触れた中指の関節から背へと舌先でなぞり、唇を開いて食む。

「……んっ」

歯列を緩めると、指先が沈むように入り込んできて、穂積は拒まず咥えた。

綺麗な長い指だ。キスするときみたいに、舌をからみつけようと一心に動かし、根元まで飲むと溢れそうになる唾液と一緒に吸い上げる。

「んん…ぅっ……」

鼻にかかった息を零しながら、愛《いと》しい男の指を舐めしゃぶった。ゆっくりと抜き差しするように、指が動き出す。性感帯とも思えない体の一部なのに、朱川はやけに熱っぽい視線で動きを追い、「たまんないな」と吐息交じりに漏らした。

まるで、なにかもっと淫らな行為に耽ってでもいるかのようだ。

「……遥来、もういいよ」

なにがもういいのか、よく判らない。夢中になってぼんやりする頭に穂積は疑問を浮かべ、指はずるっと抜き出される。

深く自分の一部になったものを奪われるような喪失感。別れを惜しむ間もなく、濡れた指は穂積のべつの場所へと移動した。

「あっ、なに…っ……」

腰の奥深いところ、つっと狭間を割って探られた窄《すぼ》まりに驚いて声を上げる。

「準備、してくれたんじゃなかったの？」

朱川はどこか嬉しげに耳元で囁《ささや》き、穂積の口にそうしたように、そこへ長い指を穿《うが》たせようとする。纏った湿りにも助けられ、指はくんと押されただけで潜り込んだ。

「あっ……あっ……」

異物の感触は、ゆっくりと奥へと伸びる。

「口も小さいけど……こっちはもっと狭いな。締まりがきつい」

当たり前だと思う。本来、そんなことをする場所じゃない。

なのに、常識を覆すような衝動が、身の奥から湧き起こってくるのを感じた。異物感にざわりとなる肌が、ところどころで緩む。甘い震えを走らせ、快楽としか言えない感覚を手繰り寄せるように引っ張り出す。

「いや……」

穂積は頭を振って、その場所を示した。

「……そこっ、や……嫌です」

入るところが擦れるのも堪らないけれど、奥にもっと変になるポイントがある。

「ここ？　ああ、本当だ……吸いついてくる」

「やっ、また……」

「……少し張ってる。硬いの、自分で判る？」

「いやっ……さわんな……でっ……やめっ、やめてくださいっ……嫌、なんで……本当にっ、そこ……いやっ」

突っぱねようとする身を抱き潰し、朱川は耳朶に唇を押し当てる。

「どうして？　遥来のイイところだってのに」

「けどっ……」

「感じるのが嫌？　セックスとかあんまり興味なさそうにしてるけど、結構感じやすいって判って、俺としては嬉しいのに」

「ふ…ぅっ……ぁ、いや……」

「やだって言っても、やめない。俺のこと、さっき好きだって言ったから……もうやめてあげない」

「ん…ふっ……あぁっ……」

「好きなのは俺だったって……過去形で言ったけど、まさかこれで終わらせるわけじゃないでしょ？　こないだもキスしてくれたよな。サウナ室で……遥来のほうから、俺にキス」

穂積は責める声音に、コクコクと頷いた。

「……好き……好きっ」

まるでそう言えば許してもらえるかのように繰り返したけれど、実際は終わりなどくるはずもない。少年のように澄んだ黒い眸を濡らして懇願する穂積を、朱川は一層追い立てる。綺麗な顔して女将のときは優しげに振る舞うくせに、意地悪な男だ。サディスティックな一面でもあるのかもしれない。やめないばかりでなく、身を捩ってのたうつ穂積の足を掲げて羞恥を煽った。

空いた腕で膝を折った片足を抱え、指を穿たせた窄まりを露わにする。

「や……っ……」

「さっきの口もよかったけど……こっちも、美味《うま》そうに食べるな」

どこかうっとりした声音で言った。

ちゅっちゅっと音が鳴る。朱川の長い指を、和らいだ道筋が食い締めているのが判る。

「……ぃ…やだ、もうっ……」

「じゃあ、やめる？　もういいか？　慣らすの終わったら……俺の、挿《い》れるけど」

穂積は咄嗟に首を左右に振った。

怖い。そんな感情を覚えたのは久しぶりだった。続けるのも終わるのも怖いなんて。

こんな涙が出るほどの快感は知らない。

二本に指を増やされ、しゃくり上げた。目蓋の縁に留まっていた涙は眦から零れて、こめかみを押しつけた布団のシーツを濡らして染みを作った。

中で指を回され、張っていると教えられたポイントを捏《こ》ねられると、さっきまで堪えようとしていたのが無意味なほど声が出る。

「……ひ…ぅぅっ、あっ、あっ……あ…んっ……」

「声も可愛くなるもんだな。遥来も、俺よりずっと女みたいだ」

耳朶に唇を押し当てたまま、皮肉めいたことを言う。きっと女将のときのこと、根に持っているのだ。本当に意地が悪い。

けれど実際、自分の声が聞いたこともないほど高くなっているのも事実だった。朱川にいやらしいことをされて啼《な》いている。

また――

「ぁ……んっ……いやっ」

「遥来のココ……弄られる声、知ったの俺だけだと思うと嬉しいかな」

「……や…ぁっ」

張りのある硬い黒髪を揺らし、穂積は頭を振る。

「ふ…ぁっ……あっ」

執拗に繰り返される愛撫に何度もしゃくり上げ、朱川がようやく指を抜き出す頃には、硬く噤《つぐ》んでいたとは思えないくらい、そこは物欲しげに口を綻ばせていた。

くたりと伸びた身は、朱川にされるがまま。布団に仰向《あおむ》かされ、上向きに掲げた尻に宛がわれたものに、穂積はまた啜《すす》り喘《あえ》ぐ。

「十分慣らせたと思うけど……痛かったら言えよ」

朱川の屹立《きつりつ》は最初に見たときの比でないほど、雄々しく育っていた。たっぷりとした滑《ぬめ》りを擦りつけられ、口を開けることを教え込まれたばかりの窄まりは、早くも先端に吸いつく。

「……覚えがいいな」

ぐっとかけられた重みに押し開かれた。

「あっ……あぁっ……」

穂積の体を軋《きし》ませながら、熱の塊は侵入してくる。指のことなど一息で忘れるほどの圧迫感に、断続的に声が出た。

「……あぁっ、あっ……あっ……」

ずくっと強張《こわば》りが進むにつれ、ぞくぞくとした震えが走る。鈍い痛みと、抗えない違和感。きつく奪う行為とは裏腹に、啜り泣きながら仰いだ朱川は、愛しげな眼差しで自分を見下ろしていた。

密着した腰を尻に感じた。ぴったりと肌と肌が重なり合うほどに、深く繋がれている。

朱川のものがもう全部入り込んでいるのだと思ったら、それだけで胴が震えてぐずつく声が出た。

「……んん…っ、やぁ……」

湿った眦は乾く暇もない。朱川はじっと動きを止めたのに、身を揺らしそうになる。歯医者で怖い器具を口に突っ込まれたときみたいだと、ぼやけた頭でふと思った。

我慢できずに中が蠢く。もういっぱいなのに、もっと奥へと運ぼうとでもするかのような蠕動《ぜんどう》。慄きからくるだけの衝動ではなかった。

「……初めてのくせして悪い子だな。俺は我慢してるのに、先に味わおうなんて」

「あっ、あじわ……てっ……」

鈍い痛みと一緒に、甘い痺れが芽生える。小さな官能の欠片はたくさん集めたらきっとすごく気持ちいい。

頃合いを計ったかのように、朱川が動き出す。始まった抽挿《ちゅうそう》は、最初は快楽の予感も吹き飛ぶほどの衝撃だった。太い杭《くい》でも出入りするみたいだ。

「ひ…ぁ、あっ……あぅっ……」

「……くっ……もっと力抜け、さっきみたいに……遥来、ほら……力抜いて、しゃぶるようにしてみろ」

「はぅ……はぁっ……」

両の乳首を指の腹で擦って転がされ、穂積は軽く身を仰け反らせて揺らした。繋がれたところが、揺れに合わせて擦れる。

「あっ、あっ……はぁっ」

泣き声は再び艶を帯び、挿入に勢いを失いかけた性器も、やがてまた張りを取り戻していく。深く頬張らされたものが、中を掻き回そうとでもするように揺れる。緩やかな動きは次第にスピードを上げ、穂積を知らないところへ浚《さら》って行こうとする。

——さわってほしい。

欲望に腰が迫《せ》り出す。放られているのに張り詰めた性器が切ない。『触れてくれ』と言わんばかりに腰を動かし、朱川の手がするりとはぐらかして足のつけ根を撫で擦ると、焦《じ》らされた穂積はねだり声を上げげた。

「や、そこ…っ……朱川さん、そこも…っ……」

「今、ここ触ったらおまえ、イッちゃうだろ」

「でもっ……」

穂積は我慢強い。自分でもそう思っているのに、こんなことが堪えきれないなんて信じられない。

「ダメだ……遥来は二度目なんだから、我慢な」

「いやっ、あけ…っ……朱川さんっ」

「一緒にイキたいんだよ。最初のセックスなんだから……こないだちょっと味見はしたけど」

むっとしたように朱川は言う。意外にロマンチストである自身を認めたがらない男は不機嫌で己《おのれ》を欺《あざむ》き、穂積を攻め立てながら要求を突きつけた。

「それから……遥来、いつまでそうやって俺を呼ぶつもりなんだ？　他人行儀な女将さんプレイがお好みならっ……付き合わないことも、ないけどっ？」

「あぁ…っ、やっ……待って……ちっ……」

ぐっと奥を突かれて、先走りが腹に散る。

「……千瑞…さんっ……あっ、ちずさっ…ん」

布団に背が擦れるほど揺さぶられながら、穂積は詫《わ》びるみたいに上擦る声で、何度も朱川の名を繰り返した。

「よし、合格だな」

満足を得られたのか、『合格』なんて言葉でからかう。激しい音が響くのを楽しむかのように、腰を打ちつけられた。濡れそぼって滑らかになった道筋は、朱川の熱を引き留めることも拒むこともできず、擦られるまま切なく締めつけて悦ばせる。

「……はぁっ、中すごい、いいっ……遥来、いいな」

「あっ、あ…ぁっ……やっ、もう……」

「……遥来？」

「もうっ……して、千瑞さ…っ……もう、イキたいっ……」

穂積は男の背に指を立て、自らも腰を揺すって終わりが欲しいとせがんだ。

自分がこんな風に、誰かになにかを素直に求めるなんて。

恋しさがすべてを変える。

穂積の二度目の願いには、朱川も応えてくれた。何度も甘え声で『欲しい』と繰り返させられてからだけれど。

「千瑞さんっ、ちずさっ……あぁぅっ……」

欲望を形に変え、体の奥から解き放つ。

うやむやのまま放ってしまった一度目とは違い、自らの瞬間を知ると同時に、身の奥に朱川の迸《ほとばし》らせた熱を感じた。

朱川の望みどおり、ほぼ一緒に逐情《ちくじょう》した。

ちゃぷんと湯の鳴る音にも、穂積は微かにびくんとなった。

元は客室だったというだけあって、朱川の部屋の外には豪華にも露天風呂があった。窓越しに響いていた水音がそうだったが、穂積はそこまで思い出す余裕もなく、朱川に『風呂に入ろう』と促されてうっかり頷いてしまった。

自宅のように個室で一人風呂に浸かるつもりが、露天で並んで入浴。気持ちを切り替えるどころか、中途半端に落ち着いてきた分、先程までの布団の上でのあれやこれやを冷静に振り返ってしまう。

しっとりと濡れた黒い石造りの露天風呂は大きくはない。湯船というより小さな池のようで、傍らの灯籠が柔らかな光を放っている。裏手は苔生《こけむ》した岩の急斜面となっており、そのまま山に続いているようだ。

開放的というより、密やかな空間だった。

肌の触れそうな距離に浸かる朱川の存在を意識する。あけ川荘を象徴する青湯は今夜も美しく澄んだ色をしていた。浮遊する微粒子が、青くきらきらと輝く。湯は常に等しく澄んだ青でいられるわけじゃない。色の元となる含有物のシリカは、気温や天候にも左右され、その青色は時間と共に変化し、淡く白濁した色へも変わる。

青の深さと透明度。そのバランスの取れたタイミングに浸かれるのは至福の時だろうけれど、今は濁ってくれていていいのにとさえ思う。

妙な緊張を漲《みなぎ》らせつつ湯を手のひらで掬《すく》うと、隣からくすりとした笑いが響いた。

「処女はいろいろとめんどくさいな」

「しょ、しょっ……て、なんですか？　それにめんどくさいって」

「いや、童貞っていうより、どっちかというとそっちかと思って。めんどくさいってのは……つまり、可愛いっていう意味」

どういう変換だ。こじつけにもほどがある。

こんなに入浴が気恥ずかしさを伴うものだとは知らなかった。外湯だろうと、我が家の風呂であるかのように秒速で服を脱いで入る穂積には、初めての感覚としか言いようがない。

半分は朱川がからかうせいだ。予測不能なことばかり言い出す。

「どうせ全部録音しちゃってるのに」

「え、録音って？」

「ＩＣレコーダー」

「止めたじゃないですか。話してる最中に、もう終わりだとか言って……」

「今夜の記念が一つくらいあってもいいだろ？」

まさか、止めた振りをしただけなのか。朱川が録音を停止させたのだとばかり思って、そういえばあの後、穂積は一度もＩＣレコーダーには触れていない。部屋のテーブルの上に残したままだ。

湯船になるべく深く体を沈めていた理由も忘れ、穂積は咄嗟にバッと立ち上がった。大波を作った湯が、ザブンと溢れる。

「けっ、消してきますっ！」

腕を引っ摑んで引き留められた。

朱川は今度は悪戯が成功した子供のような顔をして笑う。

「嘘だよ。ホントはちゃんと停止ボタンを押した」

ちっとも笑えやしない。腕を手繰《たぐ》り寄せられるまま、湯に体を戻したけれど、穂積はむすりとした表情で不満を露わにした。

「朱川さんって、意地が悪いですよね」

「今頃判ったのか？」

「結構、前から気づいてました」

「言うなぁ」

苦笑いするときも、朱川はやや顔を背ける。照れや気恥ずかしさ、潜めた感情を見られたくないと感じると無意識に視線を逸らしてしまうらしい。

笑う朱川の表情は、よく見れば少し淋《さび》しげに見えた。そんな顔をするなら、くだらない冗談はやめればいいのに。

どこか子供っぽさを残した男だ。

穂積は溜め息をつく代わりに、そっと言葉にする。

「たまには……」

「ん？」

「たまには優しくしてください」

ただ普通に不満を言葉に変えただけのつもりだった。けれど、朱川は驚いたような顔でしばし沈黙し、それから真顔で言った。

「やばい。今の結構きたかも」

「きたって、なにが……あっ」

ちゃぷんと湯が鳴る。腕を取られたままの体を岩壁のほうへ寄せられ、あっと思ったときには唇が触れ合っていた。

「あっ、朱川さんっ」

「千瑞だろ、そう呼ぶんじゃなかったのか？」

「ち……千瑞さん」

「そうそう。遥来、なぁ部屋に帰ってもう一度していい？」

「だっ、ダメです。ていうか、なんで俺がされるほうって決まってるんですか？」

「え、もしかして今気づいたの？」

遅すぎる疑問だ。穂積は大真面目に今からでも再検討をしてほしいと思ったけれど、発しようとした声はまた押しつけられた唇に塞ぎ込まれた。ジタバタと往生際の悪い身じろぎに、しばらく鳴り続けた青い湯の水面は、穂積が諦めるにつれて静かになる。

「ん…っ……」

湿った唇を押しつけ合い、伸ばされた舌を少しだけ絡ませた。朱川が無造作に一つ結びにした髪が、濡れた肌にまとわりついてきて、くすぐったい。

身を引けば追いかけてくる唇。後頭部に当たるごつごつとした石の感触が煩《わずら》わしくて、無意識に手で押して遠ざけようとしたところ、朱川に押し留められた。

「それはダメだ」

穂積の手を握り締めた男は言う。

「え……」

「うちの守り神みたいなものだからな」

言葉に振り返って確認すると、山へ続く岩の斜面の下のほう、ちょうど穂積の頭の高さに位置する辺りに、真っ黒で苔生した石があった。高さは三十センチもないだろう。ずんぐりしたこけしのような形をしている——そう感想を抱いたところで、はっとなった。

「湯かけ地蔵……」

半信半疑の呟きに、朱川が目を瞠らせる。

「なんだ、知ってたのか?」

「湯の月堂の玉二郎さんが、あけ川荘に本物の地蔵があるって言っていたんです」

まさか本当に存在するとはだ。しかも、こんな場所に。

事前に知らされていなければ、目《ま》の当たりにしても地蔵だとも思わなかっただろう。風化したのか、なだらかに窪《くぼ》んだ口元で表情が窺い知れるのみで、両目は目蓋に生した苔が笠でも被ったようだ。丸く小さな球を成した水滴を無数に浮かべている。

「この場所に源泉が湧き出たときに祀《まつ》ったものだそうだ。だから、この露天は湯を枯らすわけにはいかない。俺も近頃は忙しくて滅多に入らないんだけどな」

「えっ、入らないって……」

「だって内風呂のほうがなにかと楽だろう？」

部屋に内風呂などない素振りで露天に誘った男は、しれっとした調子で言った。

「バチが当たっても知りませんから」

「それは困るな。湯かけ地蔵のご利益は絶大だってのに……会いたい人がいるって言ったら、ちゃんと会わせてくれた」

いつの間にか濡れて額に貼りついた穂積の髪を、指先で払いながら朱川は微笑む。言葉にどきりとさせられながらも、すっかり疑心暗鬼になってしまった穂積は、その双眸《そうぼう》をじっと覗き込んだ。

「本当ですか、それ？」

朱川といると、ついつい疑《うたぐ》り深くなる。

ちゃぷんと湯を鳴らして、身を動かす。こんな格好でいいんだろうかと思いながらも、とりあえず穂積は地蔵に手を合わせておくことにした。

◇◇◇

時間はどのような場所に身を置くかで、そのスピードは変わる。東京に戻れば、一日は倍速ボタンでも押したように加速した。ひと月も、数ヶ月も、矢のように過ぎ去っていく。

「穂積、帰るのか？」

神保町の古ビルの編集部を後にしようとすると、ちょうど出勤してきた編集長に声をかけられた。

「はい。おはようございます」

返事と挨拶を一緒くたにすませる。応える穂積の顔色は、清々《すがすが》しい朝とは思えないほど冴《さ》えない。先輩社員の植田《うえだ》の手伝いでまたも連日の泊まり込み。完徹でようやく入稿に漕《こ》ぎ着け、今しがた解放されたところだ。

「若さが足りねぇなぁ。俺の若い頃は……」

「なんと言われても、今日は帰らせてもらいます。俺は本当は昨日から休みのはずだったんですから」

「有休は取らせないって言っただろ」

「有休じゃありません、代休です」

目の据わった表情を変えないまま応えると、擦れ違いざまにぽんと肩を叩かれた。

「冗談だよ。ついでだから、来週まで休め」

「え？」

「木曜と金曜、有休使えって言ってんだよ。戻ってきたら、馬車馬のようにまた働かせるからな。ああ、それと『アイアンブック』が『湯ノ町散歩』を紹介したいってさ」

「ほっ、本当ですか？」

「ホントホント、お眼鏡《めがね》に適《かな》ったな」

『アイアンブック』は幅広い書籍紹介が活字好きに人気の文芸雑誌だ。数々のベストセラー本のブレイクの発端にもなっている。編集長はあちらの編集長と出版社は違えど親しいようだが、私情で本を紹介してくれるような雑誌ではない。

茜谷を巻頭に、三つの湯の町を紹介した『湯ノ町散歩』。無事に年明けに発売し、売上はまずまずの推移を見せている。書籍として文芸棚に置かれるところを、旅雑誌のコーナーに置いてもらえるよう、書店に頼み込んで回ったのも功を奏したに違いない。

「そうだ、女将によろしくな」

編集長の言葉に、穂積は軽く一つ頷き、エレベーターホールに出た。

休みを取って、これからお礼がてら茜谷に向かう予定だった。もちろん女将と特別な間柄であることなど、誰にも話していないが、出版社のホームページに温泉町のその後をコラムとして載せようなんて話も出ているから、不思議がる者はいなかった。

「寒いな」

動きの鈍いエレベーターで一階に辿り着き、ビルを出た穂積は身を震わせる。

二月の下旬。もうすぐ春になるが、まだまだ寒さのこたえる季節だ。冷気に眠気を飛ばしてもらいながら一旦自宅アパートに帰宅し、大急ぎでシャワーを浴びて荷物をまとめた。

午前中のうちにどうにか出発できたが、電車とバスを乗り継ぎ、茜谷に辿り着く頃には午後の日差しもすっかり傾いていた。

十一月の下旬に二度目の来訪を終えて以来の茜谷だ。好天で町に雪はないけれど、囲む山山の頂《いただき》は真っ白に染まっており、三ヶ月の季節の移り変わりを感じる。

上がる湯煙ののろしだけは変わらなかった。無人の停留所でバスから降り立った穂積は、開け放しにしたダウンジャケットの前を掻き合わせながら歩き出した。

正直、少し緊張していた。覚悟はしていたけれど、互いに多忙な遠距離を極めた関係で朱川には正月過ぎに一度会ったきりだ。そのときは朱川のほうから東京へ訪ねてくれた。

久しぶりで、どんな顔をしたらいいのか――

坂の階段を上りながらあけ川荘の母屋を見つめ、するすると奥から出てくる着物姿の女将を想像する。意を決して入るつもりが、茅葺《かやぶ》きの門を潜《くぐ》ったところで早速その姿を見つけてしまい拍子抜けした。

手入れの行き届いた前庭の片隅に、凛《りん》とした女将の姿があった。お客らしき若い女性三人組に囲まれており、彼女たちはなにやらはしゃいでいる。

「女将さん、もう一枚私もお願いします！」

写真を撮り合っていた。旅館の前で観光客が記念に従業員に撮ってもらう光景はよくあるが、それとは少し違う。全員女将とのツーショットを求めているようで、代わる代わるに隣に並んでいる。

一通り終えると、朱川は石畳に突っ立つ穂積に気づいた。

「いらっしゃいませ」

深々とまとめ髪の頭を下げ、きっちりと女将の挨拶だ。

「遠いところからようこそおいでくださいました。お久しゅうございますね、穂積さま」

「あ、はい、まぁ」

以前と変わらぬ態度の朱川に、穂積は歩み寄りながらもどう対応していいのか判らず口ごもる。

「女将さん、ありがとうございました。それじゃ、行ってきますね！」

入れ替わりの女性客たちは口々に礼を言ってその場を離れ、「いってらっしゃいませ」とにこやかに朱川は笑んだ。女将の艶やかな笑みに、それだけで彼女たちのキャッキャとしたテンションはまた上がる。

門の向こうへ遠退いて行く声に、穂積は唖然となった。

「い、今のは……」

「ご宿泊のお客さまです」

「いや、そうじゃなくて、なにか様子が」

戸惑う間にも、朱川は穂積の肩の黒いナイロン地のボストンバッグに手を伸ばす。手慣れた動きで受け取りながら、すっと無人の周囲に視線を走らせ、耳打ちでもするかのように言った。

「なんてね。営業スマイルも長くやってると疲れるな」

二人きりになった途端に仮面を外され、それはそれで突然のことに狼狽《ろうばい》する。

「あ、朱川さん」

むっとした目で見られたので慌てて言い直した。

「千瑞さん」

ボストンバッグを着物の腕に下げ、男は笑む。

「久しぶりだな」

「あ、はい、そうですね」

「なんだよ、他人行儀だな。あ、『他人ですから』なんてしょうもないこと言うなよ？　こっちはおまえが来るのを指折り数えて楽しみにしてたんだ」

到着早々から、からかわれてでもいるのだろうか。朱川にしてはストレートな言葉に身構えるも、笑い飛ばす気配もなく、ひどく嬉しそうな目をしてこちらを見下ろす。

穂積は一気に気恥ずかしい思いに駆られながらも、背筋を無意識に伸ばして、一番に伝えておきたいことを口にした。

「休みが二日延びました。今週いっぱい、土日まで茜谷にいられます」

穂積だって、今日の日をどんなに待ち侘《わ》びていたことか。

やっぱりメールや電話では足りない。

妙に畏《かしこ》まって告げる穂積に、朱川はふっと口元を緩ませる。

「そうか、じゃあしばらくゆっくりできるな」

「部屋は延長できますか？」

「空いてなくても空けるさ。なんなら俺の部屋に泊まればいい」

「そ、そういうわけにはさすがに。みなさんに怪しまれてしまいますし」

「少しぐらい怪しまれたっていいけどな。取材がきっかけで、お友達になったとでも言えばいいだろ」

「そういえば、お客さんのほうはどうですか？　その……減ったりしてませんか？」

伝えたかったこととは違うけれど、一番気がかりだったことだ。本が発売してすぐに電話で尋ねても、朱川は遠慮しているのか、今一つ状況が伝わってこず心配だった。

なにしろ、本の中であけ川荘の女将が男であることは明かしてしまっている。湯の町を守る覚悟として紹介したとはいえ、長年の利用客からすれば心中穏やかでないだろう。

「常連の男客が何人か来なくなったな。せっかく蔵元に頼み込んで銘酒揃《そろ》えておいたってのに、一向に予約すら入れようとしない」

「やっぱり本の影響で……」

「まぁセクハラジジイが減ってせいせいしてもいるけどね。代わりに女性客が増えてくれたし」

「えっ？　そうなんですか？」

「今の客もそう。男が女の格好をしているのがカッコイイって、どういう趣味なんだか。長年女装やってても、女の考えてることは判らねぇもんだ」

困惑気味なのは、朱川にもよく事態が飲み込めていないかららしかった。

歌舞伎の女形《おやま》、もしくはどこぞの歌劇団の逆パターンのようなものと、女性には受けいれられたのか。朱川が女装も可能なほどのハンサムであるというのが、一番の理由だろうけれど。

「そんなわけで、客は増えてるから安心しろよ。プラスマイナスでプラスだな」

穂積はほっと胸を撫で下ろす。

「そういえば、組合のほうはどうですか？　統合の話は進んでるんですか？」

前に電話で雑談に聞いた話を思い出して尋ねた。朱川はすっと視線を庭の梅の木へと向ける。ちょうど季節で見頃でもある梅は、紅白の花のかぐわしい芳香を辺り一面に放っている。

「ああ、あれな……こないだ話し合いがてら、万丈ホテルで親睦の食事会をやったんだけどな」

「はい」

「出入り禁止になった」

「……は？」

「大河原が酔っ払って絡んでくるからさぁ。夜だったし普段着で行ったんだけど、『なんで着物じゃねぇんだ、千晶の格好して来い、千晶の！』ってもうえらい剣幕で、なんなのあのオヤジ。自分が千晶とは認めないとか言って、最初にぶちまけたくせして」

言葉を濁すも、それをきっかけに乱闘にでもなったことは容易に想像がつく。なにしろ出禁を言い渡されるほどだ。

「そんなんじゃ、いつまでたっても組合は一つには……」

「それより、いいもの見せてやるよ」

出会って早々、説教でもされては敵《かな》わないと思ったのだろう。ひらひらと手を動かして体が触れ合うほどの傍に招いた朱川は、そっと着物の胸元から、忍ばせた一枚の写真を取り出して見せた。

幼児の写真だ。可愛らしい顔をしていて、公園らしき場所でプラスチックのスコップを手に笑っている。

どこか懐かしい感じがするのは何故だろう。

「誰ですか、これ?」

「似てるだろ? 俺の子供だよ」

「えっ!」

「なんてね。千晶の子供さ、俺に似てて嫌になる」

驚く穂積に、朱川は今月に入って手紙が来たのだと言った。『湯ノ町散歩』を偶然手に取り、茜谷の現状を知ったこと。詳しく知っていてもたってもいられず、今更顔向けなどできないと判っていながらも、手紙を書かずにはいられなくなったと。

手紙には、すべてを朱川に押しつけて逃げたことへの詫びが長く綴られていたという。

「べつに謝ってほしいわけじゃなかったのにな。あいつ、知ってたってさ。俺が女将をやってたのは。どうしても旅館が気になって、失踪してから一度様子を覗きに来たらしい。声かけろっての」

『恨み言を吐きまくってやったのになぁ』と朱川はうそぶく。

違うだろうと思った。朱川が憎まれ口を叩くとしたら、きっと茜谷から彼女を追い返すためだ。

女将はもう自分なのだと、責任を負う必要はないと、彼女の負担を軽くするために。

朱川はそういう人間だ。

そして、朱川の双子の姉である千晶が、『湯ノ町散歩』を偶然手に取ったわけではないのも感じた。書店の温泉コーナーへ、茜谷が気がかりでなければ立ち寄るはずがない。自ら捨てたものを完全に忘れ、ただ無意味に眺められるほど、人は鈍くはない。

「そうそう、それより本のせいで困ってることがある」

「えっ、なんですか?」

「おまえが地蔵のこと書いたせいで、あの部屋に泊まりたいって問い合わせがくるようになった」

「泊めないんですか? きっと鶯鳴きの床だって歓迎されますよ」

朱川はむすりとした表情だ。

「冗談じゃない。あの部屋は俺の部屋だぞ」

「もしかして気に入ってるんですか?」

「……まぁな」

照れくさげに本音を漏らす。

「おまえのところの本の出版や、茜谷の客の増加にも、地蔵のご利益があったようだし。祈っておいた甲斐《かい》があった」

「え、それなら俺も祈りました。あのとき、露天に入らせてもらったときに」

「なんだよ、叶ったのは自分の願いだっていうのか？」

「そんなこと言ってませんけど。半分は俺の祈りを聞き入れてくれたって可能性も」

「半分なわけないだろ。こっちはほとんど毎日祈ってたんだ」

「千瑞さん、露天には滅多に入らないって言ってたじゃないですか」

どちらの神頼みが上かを巡って小競り合い。

無益な言い争いを繰り広げる二人だったが、ふっと目を合わせると笑った。

「なんてね」

せっかく久しぶりに会ったのに、冗談であっても寒い場所で続けるのは時間の無駄だ。

「行きましょうか。お部屋に案内します」

また唐突に女将の調子に戻った朱川は、荷物を手に母屋へと歩き出し、続く穂積はその後ろ姿に目を留めた。

淡い日差しに髪飾りが輝く。

そのまとめ髪に刺さっているのは、穂積が十一月の別れ際に渡したもの。

歩みに合わせて揺れる光は、トンボ玉の手作りのかんざしだった。

あとがき

みなさま、こんにちは。初めましての方がいらっしゃいましたら、初めまして。

お風呂に入りながらあとがきの内容を考え、『これで二十行くらいいける！』と安堵したにもかかわらず、翌朝綺麗に忘れていました。何故、ちゃんとメモっておかなかった！

どんなに鮮やかな妄想も、消えるときは一瞬。夏の線香花火より儚いものです。

——と、強引にあとがきで夏らしくしてみたり。内容が季節感をまた無視していることに、今になって気がつきました。『実は秋に発売予定だった』とかではありません。夏真っ盛りに発売したからといって、夏に読んでいただくとは限らないわけで、本棚の積読に非常に優しい仕様になっております。あと、本屋さんで秋まで並べていただくのも大歓迎ですので、全国の書店へ向け念を送っておきます。届け、この想い！

そんなわけで、季節を先取りして温泉町の話を書きました。友達に温泉の話を書いてると言ったところ、土曜ワ○ド劇場の温○若女将シリーズ（どこを伏せたらよいのか、難しい！）を「参考になるかも！」と勧めてくれました。い、いや、それちょっと違う！

殺人事件は起こりません。ホテルではなく、小ぢんまりした旅館です。それ以前に、女将が男です。

プロットを立てるまでは、女将は受の予定でした。でも、和装の似合うたおやか美人受より、女装攻と見た目は可愛いながらしっかり者の受を書きたい気持ちだったので、本能の赴くままに趣味に走ってしまいました。いかがでしたでしょうか？　許容範囲だとよいのですが、正直不安です。

なにぶん文章ではふわっと書ける攻の女装も、絵では難しいのではと花小蒔先生には申し訳なく思っておりました。ところが、ラフを拝見してびっくり。朱川は美人女将として違和感なく存在していて、和装姿も後半の男に戻った姿も色っぽくて感激です！　朴訥とした穂積も可愛らしさが滲んでいて、ちょっと捻くれた朱川とお似合いのカップルに。

私だけの宝物になってしまいましたが、カバー案をいくつもいただき、どれも温泉町の情緒やほっこり感が表現されていて迷いに迷いました。発売時にかかっている帯を外すと足湯という意外性（？）なので、是非捲って見てください。ほっこりと癒されるのではと思います。花小蒔先生、素敵なイラストの数々を本当にありがとうございました！

今回もたくさんの方々にお世話になりました。この本に関わってくださった皆様、ありがとうございます。読んでくださった皆様、積読に優しい仕様などと前述しておりますが、やはり早めに読んでいただますととても嬉しいです。

どうか楽しんでいただけますように！　またお会いできますよう！

２０１４年７月

砂原糖子。

✦初出　湯の町茜谷便り……………書き下ろし

砂原糖子先生、花小蒔朔衣先生へのお便り、本作品に関するご意見、ご感想などは
〒151-0051 東京都渋谷区千駄ヶ谷 4-9-7
幻冬舎コミックス　ルチル文庫「湯の町茜谷便り」係まで。

幻冬舎ルチル文庫
湯の町茜谷便り

2014年7月20日　　第1刷発行

✦著者	砂原糖子　すなはら とうこ
✦発行人	伊藤嘉彦
✦発行元	株式会社 幻冬舎コミックス 〒151-0051 東京都渋谷区千駄ヶ谷 4-9-7 電話 03(5411)6431[編集]
✦発売元	株式会社 幻冬舎 〒151-0051 東京都渋谷区千駄ヶ谷 4-9-7 電話 03(5411)6222[営業] 振替 00120-8-767643
✦印刷・製本所	中央精版印刷株式会社

✦検印廃止

ISBN978-4-344-83181-0　C0193　Printed in Japan

幻冬舎ルチル文庫 大好評発売中

「ファンタスマゴリアの夜」 砂原糖子 梨とりこ イラスト

父の跡を継ぎ、賃金業を営む束井艶は、同窓会で幼馴染みの永見嘉博と再会する。小二の頃、人気子役だった束井はある事故をきっかけに仕事を失い、なぜか似合わないワンピースを着た永見と出会った。学校でも浮いた存在の二人は友達に。小五のとき、永見に突然告白されて振ってしまった束井だが、中学、高校と成長するにつれ惹かれていき……。

本体価格619円＋税

発行●幻冬舎コミックス　発売●幻冬舎